「へえ。それでウチのところに来たってわけかい」
シロウがやってきたのは熊獣人が住まうルグゥの里。
「シロウはウチらの恩人なんだよ？」

「ブラックドラゴンの素材はすげー高く売れんだ」

「お願いしますママゴンさん」
「承知しました」
『下位竜が目障りですよ』

「キルファさん、
ありがとうございます。
俺をここに連れてきてくれて」
「お礼はいらないにゃ。
だって約束したでしょ？
シロウを連れてきてあげるにゃ、って」

Anytime I can! いつでも自宅に帰れる俺は、異世界で行商人をはじめました

vol.9

霜月緋色
Hiiro_shimotsuki

ill. いわさきたかし

口絵・本文イラスト　いわさきたかし

CONTENTS

前巻のあらすじ

「お婿《むこ》さんになって欲《ほ》しいんだにゃ」

キルファさんの口から飛び出した、予想だにしない言葉。

聞けば、故郷の家族を安心させるため、俺《おれ》にお婿さん役をして欲しいとのこと。

キルファさんは大切な仲間であり友人。

俺は二つ返事でこれを引き受けた。

そしてアイナちゃんをはじめ、仲間と共にキルファさんの故郷、ドゥラの森に在る猫獣人《ケットシー》の里――『ヅダの里』を目指す。

キルファさんにとって、七年ぶりの帰郷だった。


この時の俺は、ただの里帰りなのだと思っていた。

けれども、キルファさんの許嫁《いいなずけ》を名乗るサジリの登場で状況《じょうきょう》は一変。

なんとキルファさんは、許嫁であるサジリとの婚約《こんやく》を破棄《はき》するために、俺を『お婿さん

（役）』に選んだのだった。

それだけではない。

キルファさんがいなかった七年の間に、ヅダの里――いや、ドゥラの森に住む獣人《じゅうじん》たちの生活は苦しいものとなっていたのだ。

ドゥラの森は、都市国家オービルの領内に存在している。

そして現在のドゥラの森に住む獣人たちは、オービルからの重税と差別に苦しんでいた。

おまけにドゥラの森にはオーガが跳梁跋扈《ちょうりょうばっこ》するようになり、獣人たちは重税からくる飢《う》えとオーガの脅威《きょうい》、この二つに追い詰《つ》められていたのだった。

許嫁のサジリは言う。


――キルファが約定に従い、俺様の妻となるのならナハトの里がヅダの里を守ってやる、と。


その言葉にキルファさんは悩《なや》んでいた。

だから俺は止めた。

キルファさんを止めた。

仲間の助けを借りれば、きっと大丈夫《だいじょうぶ》だと。


けれども、けっきょくキルファさんはヅダの里に残ることを選んだ。

サジリと結婚《けっこん》するためだ。

戦える者がほとんどいないヅダの里。

森から得られる恵《めぐ》みは少なく、しかもオーガがいつ里を襲《おそ》うとも限らない。

飢えに苦しむ熊獣人たちを見た。

オーガに襲われた賢猿人《ショウジョウ》たちを見た。

苦しみ、哀《かな》しみに沈《しず》む獣人たちを見て、キルファさんは同胞《どうほう》を守るためにはサジリと結婚するしかない、と考えたのだろう。


『シロウとの約束、守れなくてごめんにゃさい』


キルファさんが口にした、別れの言葉。

俺に向けた、いまにも泣き出しそうな笑顔《えがお》。

その顔を見た俺は、

「……オオ。やってやんよ」

久々にキレてしまった。

「やってやんよサジリ」

キルファさんに、そんな顔をさせたサジリに対して。

「誰《だれ》も手を差し伸《の》べないのなら、俺がドゥラの森に住む獣人たちを救ってみせる。そして――」

だから誓《ちか》いを立てたのだ。

「絶対に、キルファを取り戻《もど》してみせる」

大切な仲間と、ニノリッチに帰るために。

第一話　再びオービルへ

「ここまでくれば長尻尾《ながしっぽ》の連中も追いかけてきやしないだろうよ」

そう言うと、熊獣人のバレリアさんは肩《かた》に担《かつ》いでいた俺を地面へと下した。

「大丈夫かい、シロウ？」

気遣《きづか》うように、バレリアさんが声をかけてくる。

俺を担いだまま森の中を三〇分は走っていたのに、バレリアさんに疲《つか》れた様子はない。

それどころか、俺を心配する余裕《よゆう》すらあった。

「……正直に言うと、あんま大丈夫じゃないです」

「しょうがないさ。自分の連れ合い《キルファ》をあのサジリに取られちまったんだからね」

「……」

ほんの三〇分ほど前のことだ。

俺とバレリアさんは、キルファさんを追いかけ猫獣人の集落――ヅダの里へと向かった。

しかしヅダの里に着いた俺たちを待っていたのは、サジリとの結婚を受け入れ、里に残ると言い出したキルファさんだったのだ。

ヅダの里の窮地《きゅうち》を救ったサジリは英雄《えいゆう》も同然。

そんなナハトの里のサジリと、ヅダの里のキルファ。

両者が結婚することになり、ヅダの里は喜びに沸《わ》いたことだろう。

一方で、キルファさんを連れ帰ろうとする俺は邪魔者《じゃまもの》でしかない。

ヅダの里の人たちは俺に敵意を向け、さすがに危ないと感じたバレリアさんの手により——というか物理的に担がれてこの場所まで逃《に》げてきたのだ。

最初こそ追ってくる猫獣人もいたけれど、俺を追い払《はら》うことだけが目的だったのだろう。

いつの間にか追いかけてくる猫獣人はいなくなっていた。

「シロウを敵視するなんて、長尻尾の連中は救いようのないバカどもだね」

「それだけオービルの只人族《ヒューム》から、虐《しいた》げられていたということですよ」

「驚《おどろ》いた。長尻尾を庇《かば》うような物言いじゃないか」

「猫獣人だとか只人族だとか、関係ないですよ。誰だって追い詰められればなににでも縋《すが》るし、虐げられた相手と同族というだけで恨《うら》みを持つ理由たりえます」

「ふぅん」

「今回はそれがサジリであり、俺であっただけですよ」

どうしてキルファさんがサジリと結婚することにしたのかは、わかっている。

飢えと、森に居着いたオーガの存在。

この二つからヅダの里の同胞を守るためには、ナハトの里――つまりはサジリの援助《えんじょ》が必要不可欠。

だからキルファさんは、自分が犠牲《ぎせい》になることで里のみんなを守ろうと考えたのだ。

「だからといってこの状況を――キルファを奪《うば》われたままで納得《なっとく》できるほど、俺は人格者ではありませんけれどね」

無意識のうちに、言葉に怒《いか》りが込《こ》められていた。

そんな俺の怒りを感じ取ったのだろう。

バレリアさんが俺の肩に手を置く。

「キルファを取り戻すのに助けが必要なら、ウチはいつでも力を貸すよ」

「バレリアさん……」

「あんたには里を救ってもらった恩があるからね」

「恩なんか感じなくていいですよ。でも取りあえずは、」

俺は森の奥《おく》、オービルの方角に視線を向ける。

「仲間と合流しようと思います」

◇◆◇◆◇

俺とバレリアさんは賢猿人《ショウジョウ》の里へ行き、待機していたセレスさんとデュアンさんの二人と合流。

みんなで亡《な》くなった賢猿人たちを弔《とむら》う。

バレリアさんは里が壊滅《かいめつ》状態となった賢猿人たちを連れ、自分《ル》たち《グ》の《ウ》里に戻るとのことで、ここでお別れとなった。

ただ、別れ際に、

『シロウ、ウチの力が必要なときは必ず声をかけておくれよ』


と言ってくれた。

そんなバレリアさんの心遣《こころづか》いが、いまの俺にはとてもありがたかった。

そして俺は、セレスさんとデュアンさんと共にオービルへと戻る。

半貸し切り状態だった宿屋『儚《はかな》き宴亭《うたげてい》』。

道中でデュアンさんから聞いた話によると、俺がドゥラの森にいる間に完全な貸し切り状態となったようだ。

だからか、宿の扉《とびら》を開けると店主よりも先にアイナちゃんが出迎《でむか》えてくれた。

「お帰りなさい、シロウお兄ちゃん！」

入口の扉を開けるや否《いな》や、アイナちゃんが抱《だ》きついてくる。

どうやら一階の食堂で、ずっと俺を待っていたようだ。

帰りが遅《おそ》い俺が心配だったのか、目にはうっすらと涙《なみだ》が浮《う》かんでいた。

「ただいま。アイナちゃん」

「……うん。うん」

アイナちゃんが目元を拭《ぬぐ》う。

俺の無事を確認《かくにん》できて、やっと安心できたようだった。

「主様、お帰りなさいませ」

「ぱぅぱ、おかーりー」

「ただいまですママゴンさん。すあまもただいま。心配かけてごめんね」

「あぃ」

アイナちゃんと同じく、一階で待っていたママゴンさんとすあま。

戻ってきた俺を見て、二人とも嬉《うれ》しそうだった。

「あれ？　シロウお兄ちゃん、キルファお姉ちゃんは？」

俺の背後を覗《のぞ》き込んだアイナちゃんが訊《き》いてくる。

一緒《いっしょ》に戻ってきたのは、セレスさんとデュアンさんの二人だけ。

俺といたはずのキルファさんがいないので、不思議に思ったのだろう。

「……」

「……シロウお兄ちゃん？」

どうやら俺は、よほど酷《ひど》い顔をしていたようだ。

アイナちゃんが心配した顔で俺を見上げていた。

「セレスお姉ちゃん、キルファお姉ちゃんはいっしょじゃないの？」

アイナちゃんの言葉に、セレスさんが首を横に振《ふ》る。

「デュアンお兄ちゃんは……しってる？」

「なにやら深い事情があるようなのでね。僕《ぼく》もセレス嬢《じょう》もまだ聞いていないんだ」

訊かれたデュアンさんが困ったように答える。

「そう……なんだ」

再びアイナちゃんが俺を見上げる。

でも、もう訊いてはこなかった。

事情があることを理解し、俺が話すのを待っているのだ。

「アイナちゃん、シェスたちは部屋にいるのかな?」

「んと、シェスちゃんはルーザお姉ちゃんとおさんぽにいっちゃったの」

シェスは護衛騎士《きし》のルーザさんを連れ、散歩に出ているとのこと。

俺の安否を心配していたアイナちゃんとは対照的に、シェスは俺が無事であることを疑いもしなかったそうだ。

『アイナはシンパイしすぎよ。あのアマタなのよ? ブジにもどってくるにきまっているわ!』

なんて言っていたのに、ずっとソワソワして落ち着かなかったため、ルーザさんが気晴らしを兼《か》ねて散歩に連れ出したのだという。

現在の時刻は一七時ちょっと前。

夕暮れまではもう少しある。

とはいえ、お酒好きなおじさんたちが仕事を終え、街を出歩きはじめる時間でもあるのだ。

酔《よ》っぱらいが面倒《めんどう》くさいのは、日本も異世界も同じ。

いくらポンコツなルーザさんでも、シェスの安全を考え「戻りましょう」と言い出しているはず。……たぶん。

俺がそんなことを考えていると、

「でもね、そろそろシェスちゃんももどってくるとおもうの」

どうやら、アイナちゃんも同じことを考えていたようだ。

「だって大きな町は、夜になるとあぶないでしょ?」

「そうだね。ルーザさんがシェスを見失ってなければ、そろそろ戻ってきてもおかしくないよね」

「シロウ君、シェス様が心配なら僕が捜《さが》しに行ってこようか?」

「主様、どうか私にご命じを」

「あの只人族《ルーザ》はそれなりに腕《うで》が立つ。捜しに行かずとも問題はなかろう」

みんなで捜しに行くか相談をしていると、

「アイナ、もどったわ!」

タイミング良く宿の扉が開かれ、シェスとルーザさんが戻ってきた。

シェスの床板《ゆかいた》を踏《ふ》む足音はドスドスと荒《あら》く、まるでなにかに怒《おこ》っているかのようだ。

「きいてよアイナ！　この国ったらひどいのよ！　獣人をドレイのように……え、アマタ？」

「あはは。お帰りシェス。あとルーザさんも」

俺を見たシェスが一瞬《いっしゅん》固まり、でもすぐに。

「もうっ、アマタはもどってくるのがおそいのよ！」

プンスコ怒りながら駆《か》け寄ってきた。

「あたしもアイナも……みんなシンパイしてたんだからね！」

「そうだぞ。このお馬鹿アマタめ。ひめ――お嬢さまがお前なんかのために、どれだけお心を痛めたと思っている」

「うん。ごめん」

素直《すなお》に謝《あやま》る俺を見て、逆にシェスとルーザさんが戸惑《とまど》いを見せる。

「……アマタ、なにかあったの？　それとキルファはどこ？　いっしょにもどってきたんでしょ？」

「キルファは上か？　部屋に戻っているんだよな？」

元気がない俺に、困り顔のアイナちゃん。そしてこの場にいないキルファさん。

いつもと違《ちが》う空気を察したのだろう。

シェスとルーザさんが矢継《やつ》ぎ早《ばや》に訊いてきた。

「こたえなさいよアマ――」

俺は片手をあげ、シェスの言葉を止める。

次いで、

「みんなに、聞いてもらいたいことがあるんだ」

と言うのだった。

第二話　森でのこと

全員が揃《そろ》ったところで、みんなでシェスとアイナちゃんの部屋に移動する。

この部屋には大きいテーブルがあるため、話し合いをするにはもってこいなのだ。

「さて、なにから話そうかな」

みんなで円形のテーブルに着く。

右回りにアイナちゃん、シェス、ルーザさん、デュアンさん、セレスさん、ママゴンさん、すあま、そして俺といった順だ。

「「「……」」」

みんなは急《せ》かすでもなく、俺が話すのをじっと待っている。

ただ、話そうにもドゥラの森では色んなことがあった。

森で見てきたもの。聞いたこと。遭遇《そうぐう》したオーガの群れ。

そして同胞を救うために、別れの言葉を口にしたキルファさん。

俺がドゥラの森にいた一週間ほどの間に、本当にいろんなことがあったのだ。

「森でのことを、うまく説明できるかわからないんだけどね」

隣《となり》を見ればアイナちゃんが、

「……」

俺のことをじーっと見つめていた。

目を見るだけでわかった。

アイナちゃんは、戻らなかったキルファさんのことを心配している。

なら、最初は――

「まずは、キルファさんのことから話そうか」


ドゥラの森で見てきたものを伝える。

「そもそもキルファさんが婿役に俺を選んだのは、里長《さとおさ》同士が決めた許嫁と結婚したくなかったからなんだ」

「イイナズケですって⁉　ちょっとアマタ、キルファにはイイナズケがいたのっ？」

キルファさんに許嫁がいたと知り、シェスが驚いていた。

王族だけあって『許嫁』という言葉は身近なものなのかも。

「シェスちゃん、いいなずけってなーに？」

「しらないのアイナ？　ケッコンよ。しょうらいケッコンするあいてのことをイイナズケというのよ」

「えーっ⁉　それじゃあ、キルファお姉ちゃんけっこんしちゃうの？」

「そ、そんなのあたしにきかれてもわからないわよっ」

「……けっこんあいて、どんなひとなのかな？」

「イイナヅケなのよ。きっとケットシーよ」

結婚と聞き、アイナちゃんとシェスが盛り上がっている。

けれどもすぐに、

「あれ？　でも、シロウお兄ちゃんは『けっこんしたくなかったから』って……そういったよね？」

俺の言葉を思い出したようだ。

アイナちゃんは戸惑った顔を俺に向ける。

「うん、言ったよ。キルファさんの許嫁は……なんていうか、乱暴な人でね。その人の振《ふ》る舞《ま》いをキルファさんは心底嫌《きら》っていたんだ」

キルファさんは、許嫁のサジリよりも強い婿を連れてくる、という約束で里を出る許可を得た。

となれば、キルファさんが婿役としてどんな猛者《もさ》を連れてこようとも、サジリとの強制バトルイベントは不可避《ふかひ》。

けれどもサジリの戦闘《せんとう》能力は非常に高く、最低でも金等級以上の実力を持つ。

そこでキルファさんは、あえての逆張りをすることに。

つまり、もやしな俺を婿として連れてくることで、サジリとの強制バトルイベントを回避《かいひ》しようと試みたのだ。

キルファさんのこの作戦は、概《おおむ》ね成功したといえるだろう。

「最初こそサジリは俺と戦うつもりだった――というか、むしろ襲いかかってきたんだけどね。俺が商人と知ると、呆《あき》れて戦う気がなくなっちゃったみたいでさ」

ここまでは、キルファさんの作戦通りだった。

けれども――

「キルファさんが里を飛び出した七年前とは、ドゥラの森に住む獣人たちの状況が変わっていたんだ」

五年前にオービルの新国王が即位《そくい》し、それまでの獣人種との融和《ゆうわ》路線から一変。獣人種を冷遇《れいぐう》するようになったのだ。

獣人は、只人族《ヒューム》よりも重い税を課せられるようになった。

オービルの冒険者《ぼうけんしゃ》ギルドは所属していた獣人たちを追放した。

街の商会は、獣人が持ちこむ毛皮を安く買い叩《たた》き、冬を越《こ》すために必要な穀物や薬を高値で売るようになった。

「ドゥラの森の獣人たちは、足りない分のおカネを毛皮の数を売ることで補おうと考えたんだろうね。その結果、森の獣をほとんど狩《か》り尽《つ》くしてしまい、より困窮《こんきゅう》することになったんだ」

「なんだって⁉　シロウ君、その話は本当かい？　森から獣がいなくなるなんて相当なことだよ」

デュアンさんが信じられないとばかりに頭《かぶり》を振る。

「少なくとも、バシュア様の領内では聞いたことがないよ」

「あたしもきいたことがないわ。ルーザは？」

「ハッ。私もありません！」

ギルアム王国の王女《シエス》と男爵《ルーザ》と騎士《デュアン》の三人も、口を揃えて聞いたことがないと言う。

日本にいると乱獲《らんかく》、あるいは行き過ぎた駆除《くじょ》が原因で絶滅《ぜつめつ》してしまった生き物の話をよく耳にする。

だが異世界《こちら》では、乱獲による絶滅——していないと信じたいが——は、聞いたことがないレベルの異常事態であるようだ。

「森から狩るべき獣がいなくなり、獣人たちは糧《かて》を得る手段を失った。それで獣人たちは食べるために――生きるために、オービルへの出稼《でかせ》ぎを余儀《よぎ》なくされたんだ。それが、いまから二年前のことだって」

俺は続けた。

ドゥラの森で暮らす獣人たちは、現在酷い飢えに苦しんでいること。

風土病である『森の嘆《なげ》き』に罹《かか》っても、薬を買えるだけのおカネがないこと。

追い討《う》ちをかけるようにして、オーガの群れが森に現れたこと。

キルファさんの故郷であるヅダの里は、最早《もはや》ナハトの里の援助なしには成り立たなくなっていること。

話せば話すほど俺のメンタルは凹《へこ》んでいき、話せば話すほどみんなの顔も曇《くも》っていった。

「それでキルファさんは、故郷であるヅダの里を護《まも》るために……」

続く言葉を言うのには、かなりの気力が必要だった。

「嫌いなサジリとの結婚を受け入れ、里に残ったんだ」

「「「っ……」」」

キルファさんが戻ってこなかった理由を知り、みんなが息を呑《の》む。

「これが、俺がドゥラの森で見てきたものの全てだよ」

話し終え、ふぅと息を吐《は》く。

最初に口を開いたのは、

「キルファお姉ちゃん……」

やっぱりアイナちゃんだった。

目にいっぱいの涙を溜《た》め、いまにも零《こぼ》れ落ちそうだ。

次いで、

「なによそれっ!!」

シェスが怒りの言葉を口にする。

「おかしいとおもったのよ。たいへんなしごとはぜんぶ獣人まかせだし、それと……コロシアム！　あのコロシアムでは…………もうっ。とにかくっ、この国は獣人にひどいことばかりしているのよ！　こんなのおかしいわっ」

「お嬢さま、落ち着いてください」

「こんなのおちついてられないわ！　いまだって獣人たちがいのちをおとしているかもしれないのよっ？」

落ち着かせようとするルーザさんの手を、シェスが振り払う。

顔を真っ赤にして、プンスコと怒っていた。

「シェス、街でなにか見たの？」

俺の問いに、シェスがこくりと頷《うなず》く。

「……見たわよ。たくさん見てきたわ」

「なにを見たのか、俺に教えてくれるかな？」

「それは……」

シェスが言葉に詰まる。

代わりに答えたのはルーザさんだった。

「アマタが戻るのを待つ間、私とお嬢さまはこの街を見て回ったのだ。その時に見たものは……まあ、控《ひか》えめに言っても酷いものばかりだったよ」


俺の帰りを待ち、そわそわと落ち着かないシェス。

それを見たルーザさんは、気晴らしを兼ねてシェスを散歩へと誘《さそ》った。

なにせこのオービルは観光場所に事欠かない。

酒場では隣国《りんごく》の名物料理が食べられ、流しの吟遊《ぎんゆう》詩人が各国の英雄譚《えいゆうたん》を歌い上げる。

露店《ろてん》には交易都市ならではの珍《めずら》しい品々が並び、見て回るだけで楽しめるからだ。

おまけにこの街には闘技場《コロシアム》まである。

ルーザさんはシェスの護衛騎士。

大切な主人《シェス》を護るため、人生の大半を剣《けん》の修練に捧《ささ》げてきた。

そんな武闘派《ぶとうは》なルーザさんとしては、オービルで最も有名な観光地である闘技場を見ずにはいられなかったそうだ。

正直、九歳《さい》の子供《シェス》には刺激が強すぎるのではないかと思うのだけれど、ルーザさんはウッキウキでシェスを闘技場へと連れて行く。

人生初の闘技場に、ルーザさんは期待に胸を高鳴らせた。

さて、いったいどんな熱い闘《たたか》いが観《み》られるのだろうか、と。

しかし、待っていたのは——

「闘技場で行われていたのは、獣人同士による殺し合いだったのだ」

「んなっ⁉　マジですか？」

ルーザさんが吐き捨てるように言う。

今日行われた剣闘は特に性質《タチ》が悪く、犬人族同士によるものだった。

それもアナウンスによると、兄弟同士の闘いだったとか。

「そんなの絶対シェスに見せちゃいけないやつじゃないですか」

「そ、その通りだ。だから私は試合を止めようと闘技場に乱入しかけたお嬢さまを抱《かか》え、そのまま闘技場を出るハメになったのだ」

試合中止を訴《うった》えながら、柵《さく》を乗り越《こ》えようとするシェス。

それを全力で止めるルーザさん。

騒《さわ》がしい二人を不審《ふしん》に思った衛兵が近づいてくるなか、逃げるようにして闘技場を後にした、とルーザさんは続けた。

「剣闘だけではない。重い石材を一人で運ばせたり、命綱もなく城壁を補修させたりと、辛くそして危険な仕事はすべて獣人が行っていた。あとこれは通行人から聞いた話だが、働けなくなった獣人は貧民街《スラム》へ捨てられるそうだぞ」

淡々《たんたん》と語るルーザさん。

あまりにも内容が酷すぎて、途中《とちゅう》からすあまの耳を両手で塞《ふさ》ぐことになってしまった。

でも……そっか。

俺はドゥラの森で。

シェスとルーザさんはオービルの街で。

それぞれがそれぞれの場所で、過酷《かこく》な生活を送る獣人たちを目にしていたんだな。

「あたし、きめたわ！」

突然《とつぜん》、シェスが椅子《いす》から立ち上がる。

「シェス？」

「シェスちゃん？」

「お嬢さま？」

立ち上がったシェスは、拳《こぶし》を握《にぎ》りしめ、

「この国の王にモンクをいってやるわ！　獣人にひどいことしないでって!!」

とんでもないことを言い出した。

シェスの目は本気。

これに焦《あせ》ったのがルーザさんだ。

「ひ、姫《ひめ》さまっ!?」

目を剥《む》いて『ウソでしょ!?』みたいな顔をしている。

「い、いけません姫さま。ダメです、それだけはダメですっ！」

「とめないでルーザ。あたしはホンキよ！　こんどこそホンキなんだから!!」

「いけません！　本当に——本当にダメですぅぅぅ!!」

ルーザさんは必死を通りこして涙目《なみだめ》だ。「お嬢《じょう》さま」から「姫さま」呼びに戻っている
あたり、かなり取り乱している。

だってギルアム王国の第一王女とはいえ、他国の王に物申すつもりなんだもんね。

ここでシェスを止めることができなければ、護衛騎士であるルーザさんの立場だって大変なことになってしまう。

具体的にいうと、実家の取り潰《つぶ》しぐらいは余裕であり得るレベルだ。

「お願いです姫さま！　どうか、どうか……ホントのホントにお願いしますよおぉぉぉっ!!」

ついにはルーザさんがガチで泣き出してしまった。

人目を憚《はばか》らず号泣《ごうきゅう》してるじゃんね。

「シェス様、どうか思《おも》い留《とど》まってはもらえませんか？」

そう言ったのはデュアンさん。

身も心もイケメンなので、号泣するルーザさんにハンカチを渡《わた》すことも忘れない。

「シェスフェリア、己《おのれ》を抑《おさ》えろ」

続いてシェスを諌《いさ》めたのは、これまで沈黙《ちんもく》を貫《つらぬ》いていたセレスさんだった。

「シェスフェリア、貴様が動けばルーザの立場が窮《きゅう》するのだろう？　配下であるルーザが大切ならば、思い留まるべきだ」

おおっ。あのセレスさんがまともなことを言うなんて。

密《ひそ》かに感動していると、

「で、でもあたしは――」

「いいから聞け」

セレスさんが不敵に笑う。

あれ？　なんか嫌《いや》な予感がするじゃんね。

「貴様が動かずとも、シロウがひと言『オービルの王を殺せ』と命じるならば、私はすぐにでもこの国の王の首を獲《と》ってこよう。そうすれば万事《ばんじ》解決するのだろう？　どうだシロウ、私に命じてみないか？」

セレスさんが物騒《ぶっそう》なことを言い出した。

予期せぬ殺人級な問いかけ《パス》に、俺《おれ》はびっくり。

てか、なんでオービル王の生殺与奪《せいさつよだつ》の権を俺が握ってるみたいに言うの？

「いやいやセレスさん、さすがにそれは――」

「魔人《まじん》、貴女《あなた》は相変わらず浅慮《せんりょ》ですね」

俺がセレスさんを諫めようとした矢先、ママゴンさんが言葉を被《かぶ》せてきた。

ママゴンさんは小馬鹿にするように肩をすくめ、やれやれと首を振る。

「この国の王を殺《あや》めたところで、次の王が良き者である保証はないでしょうに」

「そ、そうそう！　そうですよセレスさん。だから王の首をどうこうしたところで、根本的な解決にはならないんです」

「むぅ。ならば不滅竜《ふめつりゅう》、貴様なら解決できるとでも言うのか？」

「無論です」

セレスさんの問いに、ママゴンさんが自信たっぷりな顔で頷く。

「主様は、この街の只人族が獣人《じゅうじん》を害している事に胸を痛めておられるのです。で、あるならば――」

椅子から立ち上がったママゴンさん。

とても素敵《すてき》な笑《え》みを浮かべているぞ。

これまた嫌な予感がするじゃんね。

「街ごと滅《めっ》すれば良いのです」

ね、簡単でしょ？　とばかりに断言するママゴンさん。

この発言にみんなが唖然《あぜん》。ただただ唖然。

特にママゴンさんの過激な発言に慣れていないシェス、ルーザさん、デュアンさんの三人なんか目を白黒させていた。

「……マ、ママゴンさん？」

「そもそも主様に心労を負わせるなど、天界の神々であっても赦《ゆる》されざる大罪」

「……ママゴンお姉ちゃん？」

「ならば主様が二度と胸をお痛めにならぬように、この街の只人族は全て滅し、浄化《じょうか》するべきなのです」

「……まぅま？」

「無論、キルファを妻にする、などと大言を吐いた猫獣人《サジリ》とやらも滅します。邪魔《じゃま》する者がいれば、その者もまた滅しましょう。主様に心労をかける悉《ことごと》くを滅すればいいのです！」

滅する、を連呼するたびにテンションが上っていくママゴンさん。

なんかもう頬《ほお》が紅潮しているし、なんなら今すぐにでも滅しちゃいそうな雰囲気《ふんいき》だし。

「ちょっとルーザ！　マ、ママゴンをとめなさい！」

「むむむ、無茶《むちゃ》言わないでくださいよ姫さまっ。相手はドラゴンなんですよ⁉」

「ならデュアン、あなたがとめなさい‼」

「っ……。それがシェス様のご命令とあらば。このデュアン、身命を賭《と》してママゴン夫人を――」

「ダメだよデュアンお兄ちゃん。それはダメ。しんじゃうよ？」

ママゴンさんの暴走――平常運転ともいう――で、みんな大慌《おおあわ》て。

特にデュアンさんなんか、命を捨てる覚悟《かくご》をキメそうな勢いじゃんね。

「主様がご命じ下されば、この国の悪《あ》しき闇《やみ》を悉く滅してご覧にいれましょう！」

ママゴンさんは、素敵な笑顔を俺に向け、

「如何《いかが》でしょう、主様？」

伺《うかが》いを立ててきた。

遠足前日の子供のような、ワクワクとした顔だった。

だから俺は即答《そくとう》することに。

「ダメですよ」

というか、なんですかその顔は？

都市国家とはいえ、なんでノリと勢いで国をまるごと一つ滅《ほろ》ぼそうとしているんですか？

「ママゴンさん、滅するのはなしです」

「なし、ですか？」

「はい。絶対になしです」

「……承知しました」

心なしか、しょんぼりしたママゴンさん。

椅子に座《すわ》り、しゅんと肩《かた》を落とす。

どうやらオービル滅亡《めつぼう》の危機は回避できたようだ。

「セレスさんもママゴンさんも、暴力的な手段を選ぶのはなしでお願いします。わかりましたね？」

「貴様がそう言うのであれば仕方がない。胸に留めておこう」

「承知しました」

これでセレスさんとママゴンさんによる、オービル国王暗殺事件とオービル滅亡事件は回避できた。

問題を遡《さかのぼ》り、お次はシェスだ。

「シェスもだよ」

そう言うと、シェスは露骨《ろこつ》にむっとした顔をする。

「どうしてよ？」

シェスはほっぺを膨《ふく》らまし、徹底抗戦《てっていこうせん》の構え。

最近は王族としての自覚を持ち始めたシェスだけれども、獣人たちの扱《あつか》いを目にし、想《おも》いが暴走してしまっているようだ。

気持ちはわかるのだけれどね。

「前にも言ったでしょ。シェスはギルアム王国の王女なんだ。シェスが他国の王に文句を言ったら、それはつまりギルアム王国の公式発言と受け止められるんだ」

「それはわかっているつもりよ。でも――」

「いいや、わかってないね」

俺は首を振る。

九歳のシェスを叱《しか》るのは、それこそ胸が痛い。

けれどシェスの今後を思えばこそ、厳しいことも言わなくてはならないのだ。

「いい？　よく聞いて。シェスの発言がきっかけで、ギルアム王国と都市国家オービルの国交が途絶《とだ》えてしまうかもしれない。そうなれば交易にも影響《えいきょう》が出るだろうし、ギルアム王国とオービルを繋《つな》ぐ街道《かいどう》から人がいなくなれば、生活に困る人も出てくるだろうね。なんなら戦争にまで発展するかもしれない。その場合、より多くの人が命を落とすことになるんだ」

「っ……」

俺の言葉を受け、シェスがハッとする。

先を言わずとも伝わったようだ。

以前、ロルフさんから教えてもらったのだけれど、異世界《こちら》では、王族の発言がきっかけで戦争にまで発展することは珍しくないそうだ。

だからこそ王となる者は、王としての自覚を持たなければならない、とも。

きっと、シェスもわかってしまったのだろう。

いまのオービルが戦争をするならば、その前線に立たされるのが間違《まちが》いなく獣人たちであろうと。

「……」

シェスが俯《うつむ》いてしまった。

そんなシェスの背中を、アイナちゃんが優《やさ》しくさする。

「シェスはギルアム王国の第一王女シェスフェリア・シュセル・ギルアムなんだ。だから……我慢《がまん》しないとなんだよ」

思い立ったら猪突猛進《ちょとつもうしん》なシェスに、『我慢』が辛いことなのは分かっている。

けれども王女という立場であるからこそ、我慢しなくてはならないときもあるのだ。

「じゃあ……どうしたらいいのよ」

ポツリと、シェスが零す。

「シェスちゃん……」

小さな肩が震《ふる》えていた。

「獣人たちをみてみぬふりをすればいいの？　そんなの……そんなのっ、この国の只人族《ヒューム》といっしょじゃない！」

シェスの目から、大粒《おおつぶ》の涙《なみだ》がこぼれ落ちる。

王女なのに——いや、王女だからこそ文句の一つも言えない自分に憤《いきどお》っているのだ。

「……アマタは？」

「俺？」

「アマタはいいの？　この国のせいで獣人たちがくるしんで、それで……それでキルファもいなくなっちゃったのよ。それでいいの？」

シェスが訊いてくる。

頬を涙で濡《ぬ》らしながら、真《ま》っ直《す》ぐに俺を見つめる。

俺はそんなシェスを見つめ返し、答える。

「もちろん、見捨てるつもりなんかないよ」

「アマタ……」

「ドゥラの森で暮らす獣人たちも、この街で酷使《こくし》される獣人たちも、キルファさんも。みんな救ってみせる。そのために俺は戻《もど》ってきたんだ」

俺はみんなの顔を見回し、続ける。

「だから獣人たちを救うために、みんなの力を貸して欲《ほ》しいんだ」

最初に応えたのはアイナちゃんだった。

「アイナ、おてつだいします！」

ハイと手を挙げたアイナちゃんは、続けて、

「キルファお姉ちゃんがかえってくるなら、アイナなんでもおてつだいします！」

アイナちゃんの顔は真剣《しんけん》そのもの。

「フッ。この身はシロウの望みを叶《かな》えるために在る。好きに使え」

お次はセレスさん。

続いて、

「主様の望みを叶えることが、私とすあまにとって最上の喜びなのです。そうよね、すあま？」

「あぃ！」

ママゴンさんとすあまも。

特にすあまなんか、アイナちゃんの真似《まね》をして、ふんすふんすと鼻息を荒くしている。

……あ、勢い余って鼻水も出てきた。

すあまの鼻水を無言で拭《ふ》くママゴンさんは、とってもお母さんしていた。

「アマタには、なにかかんがえがあるの？」

シェスが訊《き》いてくる。

「もちろんだよ」

「あ、あるならさきにいいなさいよっ」

「あはは。ごめんごめん」

俺はシェスに謝ると、再び全員の顔を見回した。

みんなの視線が集まるなか、俺は自信満々な顔で。

「俺がオービルで商会を持てば、全ての問題を解決できると思うんだ」

第三話　これからのこと

「オービルに商会を持つだって⁉　シロウ君、本気かい？」

俺の言葉に、デュアンさんが驚《おどろ》く。

「はい。まず、オービルの政策が根本的な原因であることは間違いありません。ですが直接的な影響で一番大きかったのが、オービルの商会による獣人への対応だったと思うんです」

俺は人差し指をぴんと立て、説明をはじめる。

「オービルの商会が、獣人が持ち込《こ》む毛皮を適正価格で買い取らなかったことが悲劇のはじまりだったんです。もし商会が適正価格で毛皮を買い取り、正規の値段で穀物や薬を販《はん》売《ばい》していたら、獣人たちもここまで困窮することはなかったでしょう」

俺はバレリアさんから聞いた話をみんなに伝える。

ドゥラの森で暮らす獣人の狩人《かりゅうど》は凄腕揃《すごうでぞろ》いだったと。

毛皮の傷は最小限。だからいつだって高値で売れた。

交易都市として栄えてるオービルでも、ドゥラの森産の毛皮は人気だったそうだ。

けれども需要《じゅよう》が減ったわけでもないのに、オービルの商会は毛皮の買取金額を大幅《おおはば》に下げた。

どの商会に持って行っても買取金額は同じで、バレリアさんも不審に思っていたらしい。

おそらくはオービルの商会同士、談合でもしていたのだろう。

買取金額が下がった分を数で補う獣人たち。

やがて森に獣がいなくなり、獣人たちは自分たち自身を労働力として売るしかなくなった。

「ですが、ルーザさんの話だと獣人たちは低賃金で重労働を強《し》いられているみたいですね。なんなら、賃金を支払《しはら》われているのかも疑わしいぐらいですけれど」

俺の言葉にルーザさんが頷く。

「ああ。私も直接獣人たちから聞いたわけではないが、荷運びの現場で――」

「ムチをもった男がいってたわ。『獣人はヤスクつかえるからいい』って」

ルーザさんの言葉を遮《さえぎ》り、シェスが悔《くや》しそうに見てきたものを話す。

荷運びの現場で、監督官《かんとくかん》の只人族《ヒューム》は獣人に容赦《ようしゃ》なく鞭《むち》を振《ふ》るっていたらしい。

鞭を振るわれていたのは賢猿人《ショウジョウ》の少年で、かなり痩《や》せていたとも。

コロシアムで戦わされた犬人族の剣闘士《けんとうし》も、剣の心得があるようには見えなかったそうだ。

労働力として、そして娯楽《ごらく》の一つとして、獣人たちの命が消費されている。

シェスとルーザさんはそう続けた。

「獣人たちの労働環境《かんきょう》が劣悪《れつあく》なのも、コロシアムで戦いを強いられるのも、それ以外でおカネを得る手段がないからです。だから――」

「そっか。だからシロウお兄ちゃんがこの国にお店をだせばいいんだね」

アイナちゃんがぽんと手を叩く。

異世界で一番付き合いの長いアイナちゃんだからこそ、すぐに俺の狙《ねら》いに気づいたようだ。

「正解！　さすがアイナちゃん」

「えへへ」

「アイナ、どういうことかセツメイしなさいよ」

「んとね、シロウお兄ちゃんがお店をだして、獣人さんたちにはたらいてもらえばお賃金をだせるでしょ？」

アイナちゃんのこの言葉で、

「なるほど。そういうことか！」

合点《がてん》がいったとばかりにデュアンさん。

どうやらデュアンさんにも俺の考えがわかったようだ。

けれどもシェスはきょとん顔。眉根《まゆね》を寄せ、首を傾《かし》げている。

そんな王女の代わりに質問したのはルーザさんだった。

「でゅ、でゅ、でゅ、デュアン殿《どの》。いったいどういうここ、ことだろうか？」

イケメンに話しかけるだけで、バキバキに緊張《きんちょう》しているルーザさん。

なんか声が上ずってますけど大丈夫《だいじょうぶ》ですか？

「ルーザ嬢《じょう》、シロウ君の狙いはおそらくこうだ。獣人たちをシロウ君が雇用《こよう》することで適正な賃金を支払う。もちろん、獣人が求める品も適正な価格で販売する。聞けばシロウくんが扱う商品には、獣人たちの病を治す薬も含《ふく》まれているそうだしね」

デュアンさんの説明に、顔を赤くしたルーザさんが見惚《みと》れている。

「シロウ君という商人が獣人に対し当たり前の対応をすれば、困窮する獣人たちはもう他の商人――うーん。ここはハッキリ言ってしまおうか」

デュアンさんはそう前置きすると、

「悪しき商人に自分という労働力を安く売らなくて済むからね。どうだい、シロウ君？」

俺の狙いを当ててみせた。

「正解です。俺が適正な賃金——例えば領都マゼラでの平均的な賃金で獣人たちを雇用すれば、税を支払っても穀物と薬、他にも必要な物を買い揃《そろ》えるだけのおカネが残るはずです」

俺の説明に、ルーザさんがなにやら考え込む。

「待てアマタ。お前が獣人に対し正当な賃金を支払えば、それまで獣人を使うことで人件費を抑えていた他の商人が損をしてしまうのではないか？」

「でしょうね」

「そうなれば……オービルの商人たちが強硬《きょうこう》な手段に出るかもしれないぞ。たとえお前がギルアム王国の王室に出入りする御用《ごよう》商人だとしても、ここは他国だ。王妃《おうひ》さまの権力もここまでは届かない」

「もちろん俺の命が狙われる可能性も考慮《こうりょ》してあります。目障《めざわ》りな新顔《ルーキー》商人がいれば、最悪の場合、暗殺者を雇《やと》うぐらいはするでしょうね。ですが、」

俺はにやりと笑い、セレスさんとママゴンさんに視線を送る。

「幸運なことに、俺には心強い仲間がいます。暗殺の一人や二人、なんなら一〇〇や二〇〇が襲《おそ》いかかってきても返り討ちですよ。ですよね、セレスさんにママゴンさん？」

「フッ。暗殺者だと？　二〇〇じゃ物足りんな。せめてその一〇倍はいなくては」

「うふふふ。貴女ではその程度が精々でしょうね。私でしたら一〇〇〇倍でも一撃《いちげき》で滅してみせますが」

「一撃だと？　間抜《まぬ》けな不滅竜はシロウの言葉をもう忘れたらしい。貴様、街ごと滅ぼすつもりか？」

「嫌ですね。ものの譬《たと》えですよ。その程度のことも魔人は理解できないのですか？」

バチバチ火花を散らし、睨《にら》み合いをする人外な二人。

これを華麗《かれい》にスルーして、俺はルーザさんに向き直る。

「聞きましたルーザさん？　俺の心強い味方は、暗殺者が何人こようと追い返してくれるそうです。だから俺は、自分の身を心配することなく問題の解決に当たれるってわけですよ」

「ほう。ドラゴンが護衛だからこそ強気でいられる、というわけか」

ルーザさんが納得《なっとく》だとばかりに頷く。

次に口を開いたのはデュアンさん。

「わかったよシロウ君。君の身の安全を心配しなくていいのならば――」

デュアンさんはそこで一度区切ると、

「僕《ぼく》たちは全力で獣人を救おう！」

そう言うデュアンさんの横顔は、とっても勇者していた。

だってルーザさんが少女のような瞳《ひとみ》で見惚れているし。

「ありがとうございます、デュアンさん」

「感謝するのは僕の方だよ。だって君の手伝いができるんだからね」

「へ？」

「わからないかい？　なら教えてあげるよ」

デュアンさんがくすりと笑い、続ける。

「君の行為《こうい》は英雄《えいゆう》そのものだ。その手伝いができて、僕は――僕たちは嬉《うれ》しいのさ」

デュアンさんの言葉に、俺を除いた全員が頷く。

こうして俺たちは、オービルでの出店に向けて動き出すのだった。

なお、

「ところでシロウ君」

「はい」

「ママゴン夫人の正体が不滅竜なのは知っているけれど、」

デュアンさんは、そこで一度区切り、セレスさんをちらり。

「セレス嬢は何者なのかな？　背中から翼《つばさ》を生やしていたから有翼人かとも思ったけれど、そうでもないようだし……」

あごに手を当て、考え込むデュアンさん。

そういえばデュアンさんに、セレスさんの正体を伝えていなかったな。

というか、妖精の祝福《ギルド》でもセレスさんの正体はごく一部の上級冒険者《ぼうけんしゃ》しか知らないしね。

「……デュアンさん、他の人には内緒《ないしょ》にしてもらえますか？」

「もちろんだよ」

共にこの国の獣人を救う仲間なんだ。

それに身も心もイケメンなデュアンさんなら信頼《しんらい》できる。

秘密を明かしても、きっとお墓まで持って行ってくれるだろう。

「セレスさんの正体はですね、」

「セレス嬢の正体は？」

「なんと魔人なんです」

瞬間《しゅんかん》、デュアンさんのイケメン顔が凍《こお》りつく。

「…………………え？」

「ですから、セレスさんの正体は魔人です」

「ま、魔人というと……あの魔族《まぞく》の？」

「はい。その魔族の」

「…………………」

再びデュアンさんが凍りついてしまった。

見れば、俺たちの会話をこっそり聞いていたシェスとルーザさんも凍りついている。

まさかこの場に魔人が――広義では魔族がいるとは思ってもみなかったのだろう。

「………シロウ君」

「なんでしょう？」

「ひょっとして……いや、違《ちが》うとは信じているのだけれど、」

デュアンさんの額に脂汗《あぶらあせ》が浮《う》いていた。

「セレス嬢の本名は……『セレスディア』といったりしないよね？」

「あれ、デュアンさんなんでセレスさんの本名を知ってるんですか？　俺、言いましたっけ？」

「っ!?」

俺の言葉を受け、デュアンさんが椅子から転げ落ちそうな勢いで驚愕《きょうがく》していた。

なんか、イケメンってびっくりした顔もイケメンなんだね。

「じゃ、じゃあなにかい？　彼女《かのじょ》は魔王《まおう》四天王の一人だというのかいっ？」

「え、四天王？」

「まさかシロウ君は知らないのかい？　魔王四天王の一人、『残虐《ざんぎゃく》なる魔人』とも呼ばれるセレスディアを？」

「四天王……。セレスさんが？」

俺はセレスさんに視線を移す。

セレスさんは、いまもママゴンさんといがみ合いの真っ最中。

べらぼうに強いとは思っていたけれど、まさかセレスさんが魔王四天王の一角だったなんて。

俺のなかのキッズな部分がざわついちゃうじゃんね。

「えっと、デュアンさん」

「な、なんだい？」

「セレスさんの正体ですけれど、」

「あ、ああ」

「やっぱ聞かなかったことにしてください」

「そうして貰《もら》えると僕も助かるよ。セレス嬢のことは、一介《いっかい》の地方騎士《きし》が抱え込めるような問題ではないからね」

セレスさんの正体は再び秘密にすることに。

「しかし……。伝説の不滅竜に魔王四天王の魔人セレスディア。シロウ君、君はいったい何者なんだい？」

デュアンさんの問いに俺は、

「あははは。ただの商人ですよ」

と答えるのだった。

第四話　情報収集

翌日。

――オービルに商会を持つ。


今後の方針が決まったところで、まずやるべきは情報収集だ。

というのも、こちらの世界では店を出すにも国どころか街によっても規則《ルール》が違ったりするからだ。

ニノリッチでは、簡単な申請《しんせい》書類を書くだけで店を持つことができた。

領都マゼラでは、マゼラ内に拠点《きょてん》を置く商人ギルドに加入していない者の商売は禁じられていた。

同じ領内ですら、こうも規則が違うのだ。

では、どうすればオービルで商会を持てるのか？

そのことを調べるため、俺とアイナちゃんが訪《おとず》れたのは――

「シロウお兄ちゃん、ここが商人さんたちのさかば？」

「みたいだね。どうやらここがオービルの商人酒場みたいだ」

商人ばかりが集まる酒場――通称《つうしょう》、『商人酒場』だった。

この商人酒場は、交易が盛《さか》んな都市では必ずと言っていいほど存在しており、もちろんお客も商人ばかり。

商売に関する情報を求めるなら最初に向かうべきは商人酒場、と言われるほどだ。

酒場では小麦の値段から周辺諸国の経済状況《じょうきょう》に至るまで、様々な情報が飛び交《か》う。

店を持たない行商人同士だと、商人酒場を取引の場に使うこともあるそうだ。

ただ、一口に情報といっても実態は玉石混淆《ぎょくせきこんこう》。

価値ある情報もあれば、デマにも等しい情報も交じっている。

そこらへんの見極《みきわ》めも含め、商人としての腕《うで》が試《ため》されるというわけだ。

まだ異世界一年生とはいえ、俺だってそこそこ経験を積んできた。

ウソと真実の見極めぐらいはできるつもりだ。

ただ、知りたいのはオービルでの出店方法のみだから、デマを掴《つか》まされる可能性は低いだろうけどね。

商人酒場の入口には『黄金色《こがねいろ》の宴《うたげ》』と書かれた看板が掲《かか》げられている。

おカネ儲《もう》けに人生を捧《ささ》げる者たちの集まる場に相応《ふさわ》しく、欲に塗《まみ》れてて素敵じゃんね。

「商人酒場かぁ」

自然と思い起こされるのは、領都マゼラでの商人ギルド回り。

あのときの俺は、まだ商人酒場の存在を知らなかったため、各商人ギルドに飛び込み営業するハメになった。

ほとんどのギルドで相手にされず、水をぶっかけられたりもした。

もし商人酒場の存在を知っていたら、いまとは違う未来が待っていたのかも。

まあ、領都マゼラでは最後の最後でジダンさんと知り合うことができたから、結果オーライなのだけどね。

商人酒場にやってきたのは、俺とアイナちゃんの二人のみ。

シェスは虐《しいた》げられている獣人を見た瞬間、ほぼ確実に首を突《つ》っ込んでしまうため宿でルーザさんとお留守番。

護衛としてママゴンさん（とすあま）も一緒《いっしょ》だから、安全面では心配しなくていいだろう。

デュアンさんはセレスさんと共に街を巡《めぐ》り、オービルについての情報を集めてくれるとのこと。

こちらは主に、獣人たちの生活実態などを調べてくれるそうだ。

「アイナちゃん、入ろうか？」

「う、うん」

酒場という大人の社交場に、アイナちゃんは少しだけ気《き》後《おく》れしている様子。

だから俺は、

「アイナちゃん、はい」

はいと手を差し出す。

「っ……。うん！」

差し出した俺の手を、アイナちゃんがぎゅっと握《にぎ》り、

「じゃあ、入るよ」

いざ商人酒場へと足を踏《ふ》み入れるのだった。

◇◆◇◆◇

酒場は商人たちの活気で満ちていた。

交易が盛んな都市だけあって、酒場もかなり広かった。

「バイエト国は今年不作だったそうだからな。穀物の値が上がりそうだぞ」

「ほうほう。行商ですか。どちらの国から？」

「どうか銀貨四六枚でお願いしたい！」

「メルルクスが国境を封鎖《ふうさ》し、エアリズとの戦争に備えていると聞く。商機到来《とうらい》だ」

「なんだお前知らないのか？　あの伝説の『妖精の蜂蜜《はちみつ》酒』がギルアム王国で流通しているのを」

テーブルでは商人が顔を突き合わせ、商売話で盛り上がっている。

これが冒険者ギルドの酒場だったら余所者《よそもの》が入店したとたん静まりかえり、ベテラン冒険者に睨まれるぐらいは当たり前なのに。

職業が違うと、こうも酒場の雰囲気が変わるものなのか。

「シロウお兄ちゃん、どこにすわればいいの？」

周囲をきょろきょろと見ながら、アイナちゃんが訊いてくる。

場の雰囲気に呑《の》まれてしまったのか、握られていた俺《おれ》の手はいつしか腕ごと胸に抱《だ》かれているぞ。

アイナちゃんは緊張しているのだ。

「そうだなぁ……あ、ならそこに座ろうか？」

「う、うん」

空いていたカウンター席に座ると、すぐに店主がやってきた。

「いらっしゃい。なににします？」

店主がにこやかな笑《え》みで声をかけてきた。

身なりに気を遣《つか》い、鼻下に生やした髭《ひげ》もきれいに手入れされている。

いかにも元冒険者です、って強面《こわもて》のおじさんが店主をやっている冒険者ギルドの酒場とは大違《おおちが》いだ。

「俺は葡萄酒《ぶどうしゅ》を。この子には牛かヤギのミルクをお願いします」

「若旦那《わかだんな》が葡萄酒でお嬢さんがミルクですね。いまご用意いたします」

店主が俺とアイナちゃんの前に杯《さかずき》を置き、葡萄酒とミルクを注ぐ。

「お待たせしました」

「ありがとうございます」

「おじちゃん、ありがとう」

俺は財布《さいふ》からギルアム銀貨を一枚取り出し、カウンターに置く。

異世界の酒場はキャッシュオンスタイルが基本なのだ。

「ギルアム王国の銀貨ですか。いまお釣《つ》りを――」

「ああ、お釣りは結構です。その代わり、この街の商売事についていくつか質問をしてもいいでしょうか？」

「おや、若旦那はオービルは初めてで？」

「ええ。先日こちらに着いたばかりでして」

「そうでしたか。私に答えられることでしたら何でも訊いてください」

多めにチップを支払った効果か、どんとこいとばかりに店主。

商人酒場の主《あるじ》だけあって、この手のやり取りには慣れているみたいだ。

「俺はギルアム王国で小さな商会を営んでいるのですが、実はいまオービルへの出店を考えていましてね」

「ほほう。このオービルに商会《店》を」

「ええ。それで単刀直入に、どうすればオービルで自分の店を持てるのかを知りたいんです」

「そうですか……」

俺の話を聞き、店主の顔が僅《わず》かに曇《くも》る。

どうやら簡単には店を持てないようだ。

「若旦那、オービルで自分の店を持つのはお薦《すす》めしませんよ？」

「どういう意味でしょうか？」

そう訊くと、店主は周囲を確認《かくにん》。

カウンターに身を乗り出すと、俺に顔を近づけ小声でこしょこしょと。

「御存《ごぞん》じの通り、オービルは交易で成り立っている国でしてね。そのせいか、下手な貴族よりも大店《おおだな》の商人の方が強い発言力を持っているんです」

「オービルでは貴族よりも商人が強いんですか？」

「交易で成り立つ都市国家ならでは、なんでしょうね。大店の商人にとっては、余所者に利益を奪《うば》われたくないのは当然のこと。だからでしょう。他国の方がオービルで店を持つには、既存《きそん》の商会の後押《あとお》し――早い話が、許可を得なくてはならないんです」

店主の話をまとめると、こんな感じだ。

オービルには一五人の大商人が存在する。

そして余所者が店を出すには大商人三名以上の推薦《すいせん》が必要なんだとか。

晴れて商売ができたとしても、得た利益のなんと六割も上納金として推薦者に納めなくてはならない。

異世界基準で考えても、かなりの暴利といえるだろう。

大商人たちは『商人連盟』なるものを結成し、絶対遵守《じゅんしゅ》なルールをいくつも作った。

そのルールのなかには、あらかじめ売買価格が決められている品まであるそうだ。

獣人《じゅうじん》たちの持ち込む毛皮の買取金額が低かったのも、商人連盟なる組織が作ったルールが原因なのではなかろうか？

しかも、ルールを破ると連盟から即《そく》追放。

二度とオービルで商売ができなくなる、と店主は続けた。

つまり俺がオービルで店を出すためには、三名の推薦者を見つけ、暴利を受け入れ商売をするしかないのだ。

早い話、オービルは端《はな》から余所者に店を持たせるつもりがないのだろう。

獣人から搾取《さくしゅ》しているだけあって、ろくでもない商人の臭《にお》いがぷんぷんとしてくるぞ。

「商人同士の売買のみでしたら、店舗《てんぽ》を間借りする必要はないんですがね。市民を相手に商売をするとなると……」

「大商人の推薦が必要、そゆわけですか」

「そうなりますね」

難しいだろう、とは思っていたけれど、まさかここまで参入ハードルが高いとは。

考え込む俺を見て、こんどはアイナちゃんが、

「おじちゃん、ほかにお店をだすほうほうはないの？」

と訊いた。

「他の方法かい？　あるにはあるが……それはもっと難しいことなんだよ」

「あるの？　アイナにおしえてください！」

アイナちゃんはミルクの入った杯をぎゅっと握り、真剣な眼差《まなざ》しを店主に向ける。

え、てか他にも手段があるの？

「それはねお嬢さん。この国の王様から許可をもらうことだよ」

店主が優しい声でアイナちゃんに伝える。

「……この国の王さまに？」

「そうだよ。王様だ。この国で一番偉《えら》いお人の許可があれば、いま在る商会も大商人たちも気にすることなく自分の店を出せるんだよ」

店主はそこで区切ると、「でも」と続ける。

「王様に会えるのは、それこそオービルの貴族や大商人ぐらいなんだ。若旦那のような他所《よそ》の国の商人では、王宮に入ることすらできないだろうね」

なるほど。

だから店主は『もう一つの手段』を俺に教えなかったわけか。

「オービル国王の許可があれば、俺もオービルに店を持てるんですか？」

俺の質問に店主が頷《うなず》く。

「国王の許可があれば可能です。ここ数年は許可が降りたなんて話は聞きませんがね」

「……」

これは初手から詰《つ》んだのではなかろうか？

領都マゼラでの経験から許可制であることまでは予測していたけれど、その相手がまさかの国王。

いや、オービルが都市国家であることを考えれば、当然なのかも。

「オービルに縁《えん》のない商人では、国王に謁見《えっけん》することは難しいでしょうか？」

「できない、と断言できます。どこかの国の公爵《こうしゃく》家に出入りする御用商人が国王への謁見を求めたそうですが、門前払《もんぜんばら》いされたと聞きますからね」

「ええっ⁉　公爵家の御用商人が？」

「それが国王のご意思なのか、それとも大商人たちの影響《えいきょう》によるものかは判《わか》りかねますが」

「……」

王に次ぐ権力を持つ公爵家。

その御用商人ですら門前払いされたとなれば、ギルアム王国王妃の御用商人の肩書《かたがき》を持つ俺も同様だろう。

話を聞く限り、国王の許可をもらうことは、ほぼほぼ不可能。

となれば、俺に残された手段は既存の大商人に取り入り、高い上納金を納めつつ商売をはじめるしかないわけだ。

俺は葡萄酒をひと息で飲み干し、銀貨をもう一枚カウンターに置く。

「おかわりをお願いします。それと、オービルの大商人について教えてもらえませんか？　例えば人柄《ひとがら》や趣味《しゅみ》、人間関係や収集している品などもわかると助かります」

「……オービルの商人に取り入るつもりですか？　あまり大きな声では言えませんが、やめておいたほうがいいですよ」

「俺の目的を達成するためには、それしか方法がなさそうなので」

「そうですか……。わかりました。私が知る限りのことを教えましょう」

店主はため息混じりに言うと、オービルで強い影響力を持つ大商人たちについて話しはじめるのだった。

第五話　情報共有をしよう

商人酒場での情報収集を終え、宿に戻《もど》ってきた俺とアイナちゃん。

少し遅《おく》れて、デュアンさんとセレスさんのペアも戻ってきた。

場所を再びアイナちゃんとシェスの部屋に移し、互《たが》いに知り得た情報を共有することに。

各々《おのおの》がテーブルに着き、

「じゃあ、最初は俺から話しますね。俺とアイナちゃんで商人酒場に行き、そこの店主から聞いたんですが――……」

みんなに商人酒場でのことを話す。

オービルで自分の店を持つには既存の大商人に取り入るか、国王の許可を得るしかないということ。

王妃の御用商人の肩書《かたがき》を持つ俺でも、オービル国王への謁見は難しいこと。

現状では、大商人に取り入るしか手段がなさそうなこと。

けれどもその場合、大商人たちが決めた価格でしか売買ができないであろうこと。

「なんだ。じゃあオービルで商会を持つことはできないのか？」

ルーザさんが訊《き》いてくる。

「そうなりますね。商売をすること自体は可能ですが、こちらで自由に価格を決められないのでは意味がありません。大商人同士で決めた規則《ルール》に従うのであれば、獣人を救うのは難しいでしょう」

「じゃ、じゃあどうすればいいのよっ？」

シェスがどんとテーブルを叩《たた》く。

「姫《ひめ》さま、はしたないですよ」

「ルーザはだまってて！　あたしはいまアマタとはなしているのよ！」

「ハッ。黙《だま》ります！」

シェスに叱《しか》られ、ルーザさんが口をつぐむ。

王女の命令は絶対なのだ。

「落ち着いてシェス」

「でもっ――」

「いいから聞いてよ。確かに、いまのままでは獣人たちを救うのは難しい。だけど、まだやりようはあると思うんだ」

「俺はオービルで力を持つ大商人たちの情報を集めてみたんだけどね――……」

「……どういうことよ？」


店主から聞いた、オービルの商人界隈《かいわい》でのことをみんなに伝える。

オービルで力を持つ大商人たちは、みな曲者揃《くせものぞろ》い。

表向きは仲良くやっているが、裏では足の引っ張り合いが日常となっている。

誰《だれ》も彼《かれ》もが商売敵《しょうばいがたき》である相手を蹴落《けお》とそうとし、より大きな利益を得ることに躍起《やっき》になっているのだとか。

それ故《ゆえ》にオービルの大商人たちは同業者からも嫌《きら》われており、商人酒場の店主も半ば愚《ぐ》痴《ち》のように語ってくれた。

異世界に個人情報の保護はないのかもしれない、そう感じた瞬間でもあった。

「他の商会よりも利益を挙げる。これは商人としては正しい姿勢なのだけれどもね。でも、だからこそ俺が入り込《こ》める隙間《すきま》があると思うんだ」

ばーちゃん家《ち》と異世界を行き来する、俺にしか扱《あつか》えない商品。

例えば、日本でしか手に入らない商品の独占販売権《どくせんはんばいけん》を餌《えさ》にすればどうだろうか？

大商人同士で取り決めた規則と、独占販売権を天秤《てんびん》にかける。

欲深い商人であるならば、より大きな利益を生む独占販売権を選ぶ可能性は高いだろう。

幸いなことに各大商人が収集している物や、趣味なんかも店主から聞くことができた。

異世界《こちら》よりも、より良い物である日本の商品ならば大商人も心を動かされるに違いない。

日本云々《うんぬん》の部分は伏《ふ》せ、みんなに俺の考えを伝えてみたところ、

「なるほどね。シロウ君が扱う商品の独占販売権か。商人ではない僕でも興味を惹《ひ》かれてしまうね」

デュアンさん的には断然アリだったようだ。

騎士であり、世の中を知り、なにより常識人であるデュアンさんのお墨付《すみつ》きをゲットである。

俺の考えは間違《まちが》っていないと、自信を持つことができたぞ。


そんなわけで、お次はデュアンさん。

「じゃあ、こんどは僕の話を聞いてもらおうか」

みんなの視線がデュアンさんに集まる。

「僕はセレス嬢と貧民街《ひんみんがい》へ行ってきたんだ。そこでは多くの獣人が明日に希望を見いだせ

ずに苦しんでいたよ」

まさかの初手、貧民街《スラム》。

初《しょ》っ端《ぱな》から切れ味が鋭《するど》すぎではなかろうか。

アイナちゃんとシェス、キッズな二人にスラム事情を話してもいいものだろうか？

視線だけを動かし二人を確認。

「「……」」

貧民街と聞き、シェスは真剣《しんけん》な面持《おもも》ちで。

アイナちゃんはふんすと気合を入れて。

二人は「さあ、こい」とばかりに、続くデュアンさんの言葉を待っていた。

異世界のキッズはメンタルが強い。

どうやら俺の取《と》り越《こ》し苦労《ぐろう》だったようだ。

「デュアンさん、貧民街にまで足を運んだんですか？」

「獣人の境遇《きょうぐう》を調べるうちに、辿《たど》り着いた先が貧民街だっただけだよ」

大抵《たいてい》の場合、貧民街はめちゃんこ治安が悪い。

貧しい者の他にも、ならず者や賞金首の犯罪者。場合によっては地下ギルドの拠点なんかもあったりするからだ。

そんな俺の心配が伝わったのだろう。

「大丈夫《だいじょうぶ》だよシロウ君。僕は剣《けん》の腕に自信があるし、」

デュアンさんはそこで一度区切ると、さわやかな笑顔《えがお》をセレスさんに向ける。

「なによりセレス嬢《じょう》が一緒だったからね。因縁《いんねん》をつけてくるならず者は何人かいたけれど、皆《みな》セレス嬢が返り討《う》ちにしてしまったんだ」

「わーお。マジですかセレスさん?」

確認すると、セレスさんがぷいと顔を逸《そ》らす。

「向こうから私に挑《いど》んできたのだ。ならば応えてやるのが戦士というもの。私は悪くない」

「へ? 悪くないって、なにがです?」

「そ、それは……」

セレスさんが慌《あわ》てはじめる。

代わりに答えたのはデュアンさん。

「なんと言うか、セレス嬢は少々やりすぎてしまってね。止めるのが大変だったんだ」

「あ～。はいはい。そゆことですか」

絡《から》んできたならず者に対し、セレスさんはいつものようにオーバーキルしかけたのだろう。

そしてデュアンさんが必死になって止めたのだ。

そのときの光景が目に浮かぶようだぜ。

「わ、悪くないっ。私は悪くないぞ！　弱いくせに挑んでくるあ奴《やつ》らが悪いのだ！」

「おやおや。責任転嫁《てんか》とは無様ですね。見なさいすあま。貴女《あなた》はあの魔人《まじん》のようになってはいけませんよ」

「あぃ」

さっそくママゴンさんが絡みはじめたけれど、ここは本題に戻させてもらおうか。

「それでデュアンさん、貧民街の獣人たちのことを聞かせてください」

「うん、いいよ。貧民街には多くの獣人がいたんだけれどね――――……」

デュアンさんは事前に用意していた食べ物を配り、獣人たちから話を聞いてきたのだという。

獣人たち曰《いわ》く、貧民街はオービルに出稼《でかせ》ぎにきた獣人たちが最後に行き着く場所。

薄給《はっきゅう》で雇用《こよう》されるも、仕事内容は重労働ばかり。

それなのに与《あた》えられる食事は、具がほとんど入っていない薄《うす》いスープとカビの生えた硬《かた》いパンが一つだけ。

デュアンさんが言うには、

「僕が知る限り、犯罪奴隷《どれい》ですらもっといいものを食べているよ」

とのこと。

より酷《ひど》いのは、闘技場《コロシアム》で戦っている獣人たちだった。

彼、彼女らは三年契約《けいやく》を結び、雇用主《こようぬし》から「三年間戦い続ければ大金を支払《しはら》う」と言われていたそうだ。

他にも、「勝利するたびに故郷に食料を送ってやろう」とも。

けれど熊獣人の戦士長であるバレリアさんから聞いた限りでは、オービルから食料が届けられた事実はない。

とならば、命を賭《と》して戦っている獣人の闘士《とうし》たちは騙《だま》されていることになる。

闘技場での戦いを拒否《きょひ》する者には、ほとんどの国で禁忌《きんき》指定されている『支配の首輪』なる魔道具《マジックアイテム》が装着され、己《おのれ》の意思に反し無理やり戦わされている、とのことだった。

「……ひどい」

アイナちゃんがぽつりと零《こぼ》す。

目には涙《なみだ》がいっぱいに溜《た》まり、いまにも零れ落ちそうだ。

対して、シェスの表情に変化はない。怒《いか》りを通り越して冷静になってしまったのかも。

けれども、強く握られた手からは血が滴《したた》り落ちていた。

悔《くや》しさから、爪《つめ》が食い込むほど握りしめているのだ。

あとでママゴンさんに治してもらわないとだな。

「シロウ君、続けていいだろうか？」

「お願いします」

貧民街にいる獣人は、栄養不足から病にかかり働けなくなった者や、雇用主から理不尽《りふじん》な怒りを買い解雇《かいこ》された者。

闘技場で深い傷を負い、二度と戦えなくなった者などがいた。

けれども彼、彼女たちは街から出ることを許されず、かと言って新たな働き口があるわけではない。

まだ動ける獣人は地下ギルドに拾われ、裏の仕事を手伝い、そこで得た僅かなおカネで貧民街で暮らす同胞《どうほう》を食べさせているそうだ。

なかには、諦観《ていかん》から死が訪れるのを待っている者もそれなりにいるとか。

「僕《ぼく》とセレス嬢が貧民街の獣人たちから聞いた話は以上だよ」

「「……」」

獣人たちの予想を遥《はる》かに超《こ》える境遇に、みんな黙り込んでしまった。

重苦しい空気が立ち込めるなか、突然《とつぜん》。

「もうガマンできないわっ」

シェスが椅子《いす》から立ち上がる。

その顔を見るに、なにやらまた覚悟《かくご》をキメた様子。

「アマタ、あたし――」

瞳《ひとみ》に炎《ほのお》を宿したシェスが続ける。

「オービルの王にあってくるわっ！」

一周どころか前回と前々回を合わせて二周回り、見事なまでにスタート地点に戻ってきたシェス。

昨日と言っていることが同じじゃんね。

オービル王に会い、やはり直接文句を言うつもりなのだろうか？

「いけません姫さま。姫さまは――」

「ルーザはだまってて！」

「ハッ。黙ります！」

再びお口にチャックするルーザさん。

なので代わりに俺が訊くことに。

「シェス、昨日も言ったでしょ？　いくらシェスがギルアム王国の王女でも、獣人たちの境遇についてオービルの王に直接文句を言うのは――」

「なにいってるの？　あたしはモンクをいうつもりはないわ」

「――いけないよって……へ？　文句を言いに行くんじゃないの？」

「ちがうわよ。あたしはね、」

シェスはにやりと笑うと、続けて、

「アマタをオービル王にショーカイするのよ。アマタにオービルでショーバイをさせてほしい、ってね」

とんでもないことを言い出すのだった。

第六話　オービル四世

『ギルアム王国の王女であるあたしがいれば、アマタもオービル王にあえるでしょ？』

どこぞの国の公爵家の御用《ごよう》商人ですら、オービル王には謁見できなかった。

ならば王女であるシェスが直接商人《俺》を連れていけばいい。

友好国の王女が謁見を求めれば、さしものオービル王も断れないはずだ。

ある意味シェスらしい、ずいぶんと無茶《むちゃ》なアイデアだけれども、

「シロウ君。もう城に着く。準備はいいかい？」

「お、おっす。バッチリです」

「シェスフェリア殿下《でんか》もご準備を」

「わ、わかっているわ」

いま俺たちは、ギルアム王国の旗を掲げる豪華《ごうか》な馬車に揺《ゆ》られていた。

時を少しだけ戻そう。

事はトントン拍子《びょうし》に進んでいった。

無謀《むぼう》に思われたシェスのアイデアは、みんなとの議論の末に承認《しょうにん》された。

すぐにシェス（とルーザさん）はママゴンさんに乗り、一度ギルアム王国へと戻る。

そして次に戻ってきたときには、シェスは『シェスフェリア王女殿下』として、ギルアム王国の正式な使者となっていたのだ。

どんな手段を使ったのかと不思議に思う俺とアイナちゃんに、ルーザさんがドヤ顔で語る。

タイミングの良いことに、オービルでは近々大きな闘技《とうぎ》大会が開催《かいさい》されるらしく、隣国《りんごく》の王族が招待客《ゲスト》として招かれていたそうだ。

もちろんギルアム王国にも招待状が届き、使者として誰を送るべきか迷っていたところにシェスが登場。

自分が使者になると立候補したのだとか。まさに渡《わた》りに船といえるだろう。

そして時は現在に至る。

シェスは――いや、シェスフェリア王女殿下は、護衛騎士《きし》としてルーザさんとデュアンさん、侍女《じじょ》に扮《ふん》したアイナちゃんと御用商人の俺を伴《ともな》い、オービルの王城へと向かっていた。

ちなみにチーム人外であるセレスさんと、ママゴンさん&すあま親子は宿でお留守番。ケンカをしないように強く言っておいたから、たぶん大丈夫だろう。……たぶんね。

「まさか、ホントにオービル王と謁見できるなんてね」

馬車に揺られながら、そんなことを呟《つぶや》いてみる。

王族が乗る馬車だけに車内はずいぶんと広かった。

五人で乗ってもまだ余裕《よゆう》があるほどだ。

「姫さま、汗《あせ》すごいですよ？」

「だだっ、ダイジョーブよ！」

「シェスちゃんだいじょうぶ？」

「だだだっ、ダイジョーブぶよっ!!」

王女として人生初の使者を任されたシェスは、ひと目でわかるほど緊張《きんちょう》していた。

これが招待客として送られた、ただの使者だったのならば、シェスもここまで緊張しなかったはずだ。

けれども、いまのシェスはオービルの獣人たちの命を背負っている、といっても過言ではない。

だからこそ顔中に脂汗《あぶらあせ》を浮《う》かべ、真っ青な顔でめちゃんこ緊張しているのだ。

「シェス、そんなに緊張しなくていいよ」

「き、キンチョーなんかしてないわっ」

「本当に？」

「ホントよ」

「シェスちゃん、ホントのホントは？」

俺に続き、アイナちゃんもそう訊くと、

「…………すこしだけ、キンチョーしてるわ」

シェスは消え入りそうな声で答えた。

強がってはみたけれど、親友であるアイナちゃんにウソはつきたくなかったのだ。

「シェス、よく聞いて」

「なによ？」

「いまのシェスは、『獣人たちを助けなきゃ』って気持ちでいっぱいだと思うけれど、一人で背負わないでいいんだよ」

「っ……」

「俺たちは仲間なんだ。大変だとか不安な気持ちは、仲間全員で分け合っていいんだ」

「そうですよ姫さま。姫さまが背負うものは、このルーザが背負うものでもあるのです！」

「アマタ……。ルーザ……」

「それに、シェスはオービル王に俺を紹介《しょうかい》するだけでいいんだ。そこから先は俺の交渉《こうしょう》次第《だい》だからね」

任せてよとばかりに、俺は自分の胸を叩く。

「だから、シェスが一人で背負う必要はないんだよ」

「……うん」

「ありがとう、アマタ」

「どーいたしまして。お、着いたみたいだ」

馬車が止まり御者《ぎょしゃ》が扉《とびら》を開くと、お城の前の広場にオービルの騎士たちがずらりと整列していた。

シェスフェリア王女を歓迎《かんげい》しているのだ。

まさにファンタジーな世界でしかお目にかかれない光景。

凄《すご》いな。これが王族のみが見ることを許される世界か。

やがて、兜《かぶと》に羽根《はね》飾《かざ》りをつけた騎士が近づいてきて、

「シェスフェリア・シュセル・ギルアム王女殿下、ようこそオービルへ。我々は貴女様《あなたさま》を歓迎いたします」

と言うのだった。

◇◆◇◆◇

謁見の間に通され、王に対して膝《ひざ》をつき、はじめましてのご挨拶《あいさつ》。

そんなのを想像していたのだけれど、

「こちらでお待ちください。すぐに陛下が参ります」

騎士に通されたのは応接室だった。

謁見の間ではないのは、シェスが王族だからだろうか？

応接室には、ひと目でふかふかだとわかるソファが向かい合わせに配置されており、間にはローテーブルも置かれている。

「えーっと、座《すわ》って待っていればいいのかな？」

誰ともなく訊いてみる。

答えたのはデュアンさんだった。

「いけないよシロウ君。相手は王族だからね。ソファに座って良いのはシェスフェリア殿下だけなんだ」

椅子に座るのはシェスのみ。

下々の者はもとより、臣下であっても立っていないといけないそうだ。

というわけでシェスがソファに座り、俺《おれ》たちはその後ろに並んで立つことに。

待つこと数分、

「お待たせした」

低く渋《しぶ》い声が聞こえ、お供を連れた初老男性が応接室に入ってくる。

センターのポジションにいるから、この人がオービルの王かとも思ったけれど、

「あれ？」

よく見れば。頭に王冠《おうかん》が載っていない。

センターポジションにいるのに、王ではないのかな？

そんな俺の疑問に答えをくれたのは、初老男性自身だった。

「シェスフェリア王女、お初にお目にかかります。吾輩《わがはい》はオービルの宰相《さいしょう》マガト・オニール。そして――」

宰相がすっと横に移動。

背後から現れたのは、でっぷりと太った――いやいや、見事なボディを持つ少年だった。というか子供だ。

歳《とし》はアイナちゃんたちと同じぐらいかな？

宰相の背後にいたため、こちらからは見えなかったのだ。

異世界初心者な俺にでも、国王に背を向けて立つなんて不敬なのではなかろうか？　なんて思うけれど、宰相は気にしてもいない様子。

「この方こそ、我らがオービル王でございます」

芝居《しばい》がかった仕草で、宰相のマガト氏がオービル王を紹介する。

見事なボディの少年改め、オービル王は大仰《おおぎょう》に頷くと、

「余がオービル四世である。苦しゅうない。楽にせよ」

と言うのだった。

◇◆◇◆◇

シェスも挨拶が済んだところで、オービル四世がソファに着席。

その隣《となり》には宰相のマガト氏も座っている。

デュアンさんは「王族しか座ってはいけない」と言っていたけれど、宰相クラスになるとまた違《ちが》ってくるのだろうか？

オービル四世は恰幅《かっぷく》の良い体を背もたれに預けるのではなく、胸を張り、なるたけ威厳《いげん》を示そうとしている。

「ギ、ギ、ギ、ギルアム王国の王女よ。よ、余の招待に応じてくれたこと、感謝する」

「ワタクシコソ、陛下ニオアイデキテ、ウレシクオモッテイマスワ」

オービル四世もシェスも、思い切り緊張している様子。

聞けば、オービル四世はまだ一〇歳だという。

アイナちゃんやシェスより、一つだけ年上だ。

まさか王族同士の会談が子供同士になるとは……。

オービル四世が王位を継《つ》いだのは、五年前。

つまり目の前の少年は、わずか五歳で王となったのだ。

キャリア五年目とはいえ、まだまだ一〇歳の子供。

「余のオービルにとってギルアム王国は大切な隣国。そ、そ、そなたの国とはこれからも良い関係でありたいものだ」

オービル四世は、誰の目にも明らかな精一杯《せいいっぱい》の王様プレイを。

「マアッ。ワタクシモオナジコトヲカンガエテイマシタノ！」

シェスはシェスで、慣れない言葉遣《づか》いのせいでほとんど棒読みになっている。

どっちも見ていてハラハラするじゃんね。

「この城に客人が訪《おとず》れることは滅多《めった》にない。だからこそ、余はそなたを歓迎いたそう」

「カンシャイタシマスワ」

国王と隣国の王女。

王族同士の会話ではあるけれど、端から見ると、どちらも背伸《せの》びしている子供にしか見えない。

俺の胸中に、ある疑問が浮かび上がる。

――目の前のオービル四世《少年》が、本当に獣人たちを虐《しいた》げているのだろうか？

キルファさんのおばあちゃんも熊獣人《くまじゅうじん》のバレリアさんも、口を揃《そろ》えてオービルの王のせいだと言っていた。

代替《だいがわ》りし現在のオービル王になってから、獣人たちを虐げるようになった、と。

けれども、

「余と歳の近いそなたが使者に選ばれたことは、う、運命かもしれぬな」

俺の目には、がんばって王様をやっている子供にしか見えないのだ。

陽に焼けていない真っ白な肌《はだ》。

恰幅の良い体つきからしても、城の外に出ることすら稀《まれ》なのでは？

そんなことを考えているときだった。

「しかし……ギルアム王国の王女が、こ、こんなにも美しいとは知らなかったぞ」

オービル四世から放たれた、予期せぬ言葉。

なにやら会話の方向性がおかしなことに。

見ればオービル四世は頬《ほお》をほんのりと赤く染め、シェスをじっと見つめている。

その熱い眼差しは、もしかしなくても恋《こい》。

まさかシェスに一目惚《ひとめぼ》れしてしまったのか？

でも待って。いきなり「美しい」なんて言われたものだから、

「……はぁ？」

シェスの素が出てしまっているぞ。

これはいけない。

「うおっほん！　……失礼した」

ルーザさんがわざとらしい咳払《せきばら》い。

次の瞬間《しゅんかん》シェスがハッとし、素に戻っていたことに気づく。

「ウツクシイダナンテ……オタワムレヲ」

シェスは照れたようにもじもじと。

相変わらず棒読みだけれど、ナイス演技だ。

恥《は》じらうシェスを見て、オービル四世の眼差《まなざ》しがより熱を帯びる。

頬なんかもう真っ赤だ。

「と、時にシェスフェリア王女。そなたに一つ質問をしても良いだろうか？」

「ハイ、ナンナリト」

「なに。その……た、大した事ではないのだがな」

オービル王はそわそわしながらも、大きく息を吸う。

たぶん、この場にいる全員が気づいていた。

次に飛び出してくる言葉が、大した事がある質問だって。

「シェスフェリア王女には、こ、こ、こ、婚約者《こんやくしゃ》はいるのだろうか？」

「…………はぁ？」

婚約者の有無《うむ》について、さぐりを入れてくるオービル四世。

いけない、またシェスの素が出てしまっている。

けれどもオービル四世は気づかない。

ローテーブルに手をついて身を乗り出し、真っ赤な顔をシェスに近づけると、スピスピと鼻息も荒《あら》く。

「も、も、もしそなたに婚約者がいないのであれば――」

「陛下、次の予定も詰《つ》まっております。そのような話は後日にでも」

痛恨《つうこん》の一撃《いちげき》。

オービル四世、宰相に叱られるの巻。

「そ、そうだな。うむ。マガトよ、お主の言う通りだ」

オービル四世はソファに座り直《なお》し、ばつが悪そうに居住まいを正す。

宰相の言葉で冷静さを取り戻したようだ。

自分がした行動を省《かえり》みて、恥ずかしそうにしていた。

「陛下はお疲《つか》れのようですので、ここからは宰相である吾輩めが」

宰相はそう言うと、オービル四世の許可も得ずに口を開く。

「シェスフェリア王女、遠路遥々《はるばる》ようこそおいで下さいました。さて、七日後に開催される我《わ》が国《くに》が誇《ほこ》る大闘技会ですが――……」

この宰相がまた、喋《しゃべ》ること喋ること。

両国の同盟が云々。交易が云々で税収が云々。

大闘技会は過去一盛り上がりますぞ云々。

まるで、自分がこの国の代表だとばかりに喋り続けるものだから、隣のオービル四世が相づちを打つだけの置物と化していた。

「――というわけですからな。我が国が栄えているのも、近隣《きんりん》諸国との友好があってこそ。その一国であるギルアム王国のシェスフェリア王女がいらしたのです。国を挙げて歓迎しましょう」

「うむ。マガトの言うように余も歓迎するぞ」

「……カンシャイタシマスワ」

やっと宰相の話が終わり、緊張と王女プレイで疲れ切ったシェスが、なんとかお礼を口にする。

長かった。ホント長かった。

アイナちゃんは平気みたいだけれど、日本産のもやし《俺》に直立不動での待機は堪《こた》えるのだ。

しかし、俺たちはなにも宰相の長話を聞きに来たわけではない。

「アッ、ソウイエバ」

シェスが思い出したとばかりに、ぽんと手を叩く。

「ワタクシカラ、陛下ニショーカイシタイモノガオリマスノ」

「ほう。王女が余に紹介となると。どのような人物なのだ?」

「アマタ」

「ハッ」

シェスに名を呼ばれ、俺は一歩前へ。

床《ゆか》に片膝《かたひざ》をつき、オービル四世に頭《こうべ》を垂れる。

さーて。ここからが俺の出番だ。

「シェスフェリア王女よ、この者は?」

「コノモノノナハ、アマタ。ワタクシノゴヨーショーニンデスワ」

「おう。王女の御用商人であるか」

「陛下、お初にお目にかかります。商人の尼田《あまた》と申します」

片膝をついたままご挨拶。

「ここは謁見《えっけん》の間ではない。楽にせよ」

「ハッ」

オービル四世の許可が出たところで立ち上がる。

「陛下、ココニイルアマタハ、メズラシイシナヲアツカッテイマスノ」

「珍《めずら》しい品とな。どのような物だ？」

「ドレモ、ヨニデテイナイモノバカリデスワ」

「……ほう」

シェスの言葉で興味を惹かれたのか、オービル四世の視線が俺に向けられる。

「陛下、発言の許可を頂けますか？」

「許す」

「ありがとうございます。改めて自己紹介《しょうかい》を。ぼくはシェスフェリア王女の、そしてギルアム王国の王妃《おうひ》アニエルカさまの御用商人をしている尼田士郎《しろう》と申します」

事前の打ち合わせ通り、メイド姿のアイナちゃんがとことこと近づいてきて、抱《かか》えていた木箱の蓋《ふた》を開ける。

「ぼくが扱《あつか》っているのは――」

木箱に手を入れ、用意していた商品を掴《つか》むと、

「このような品になります」

ことり、ことりとローテーブルに並べていくのだった。

第七話　商人として価値を示そう

ローテーブルに並べた品を見て、

「「おおっ⁉」」

オービル四世と宰相の声が重なった。

目を大きくし、ローテーブルに置いた商品に目を奪《うば》われているぞ。

「アマタといったな。そ、それはなんだっ？　硝子《ガラス》の杯《さかずき》のようではあるが……？」

宰相が訊《き》いてくる。

「こちらは、ぼくの故郷で『切子グラス』と呼ばれている品になります」

「きりこぐらす？」

俺がローテブルに並べた品は『切子グラス』。

切子とは、日本におけるカットガラスの装飾《そうしょく》加工法のことであり、またこの加工法を使った製品の名称《めいしょう》だ。

ガラスの表面を専用の機械で研磨《けんま》し、溝《みぞ》を入れ、様々な模様のデザインを施《ほどこ》す。

代表的なものでは江戸《えど》切子や薩摩《さつま》切子などがあり、その美しさは宝石にも喩《たと》えられるほどだ。

「「……」」

幾何学《きかがく》模様が施された群青色《ぐんじょういろ》のグラス。

草花が描《えが》かれた朱色《しゅいろ》のグラス。

舞《ま》い散る桜の花びらが鏤《ちりば》められた桃色《ももいろ》のグラス。

宝石に勝るとも劣《おと》らない切子グラスの美しさに、宰相だけではなくオービル四世までもが目を奪われていた。

よーし。ここまでは作戦通りだ。

俺たちの目的は、オービル四世から商売の許可証を貰《もら》うこと。

そのためにはオービル四世自身に、俺の商人としての価値を示さなければならない。

早い話が、

『俺が店を出せば、こんなにも素晴《すば》らしい品が手に入るぞ』

と思わせないといけないのだ。

だからこの場でプレゼンするのは、所有欲を刺激《しげき》する品でなければならない。

その第一弾《だん》が、この切子グラスというわけだ。

「カットグラスはご存じですよね？　この切子グラスも分類としてはカットグラスに含《ふく》まれるのですが、」

一度区切り、宰相とオービル四世の反応を窺《うかが》う。

オービル四世は一〇歳の子供らしく瞳を輝《かがや》かせ、宰相は初めて見る品に驚愕《きょうがく》した顔で。

それぞれが切子グラスに見入っていた。

「ぼくの故郷にいる熟練の職人が門外不出の製法と技法でガラスに色をつけ、丁寧《ていねい》に削《けず》り、宝石にも劣らぬ杯として仕上げた至極の一品こそが、こちらの切子グラスになります」

「なんとっ⁉　これもカットグラスだというのか？　カットグラスならば、あの名高いトルメキの職人が作ったものが吾輩の屋敷《やしき》にもあるが……」

宰相がごくりと喉《のど》を鳴らし、続ける。

「お主の扱うカットグラスはまるで別物ではないか。宝石のように――いや、宝石でもこの美しさには及《およ》ぶまい！」

「ありがとうございます。交易が盛《さか》んなオービルの宰相閣下に褒《ほ》めて頂き、この尼田《あまた》、生涯《しょうがい》の誉《ほま》れとなりましょう」

宰相は切子グラスを見つめてソワソワ。俺をチラチラ。

視線が俺と切子グラスを行き来している。

「どうぞお手にとって頂いて構いません。この杯は、真に価値のわかる方にのみ触《ふ》れて頂きたいのです」

「そ、そうか」

宰相が切子グラスを手に取る。

「……なんと。こんなにも硝子が薄いのか。それになんだこの透明度《とうめいど》は？　磨《みが》き上げた水《すい》晶《しょう》でもここまで透《す》き通っておらぬぞ」

宰相は恍惚《こうこつ》とした顔で。

どうやら順調に所有欲が刺激されている様子。

「余も良いだろうか？」

「もちろんです。ささ、どうぞお手に取ってください」

「うむ。……おお、確かに美しい。…………あっ。う、美しいと言ったが、シェスフェリア王女の方がずっと美しいぞ？」

「……はぁ？」

「うおっほん！」

「──っ⁉　ウ、ウレシイデスワ」

隙《すき》あらばシェスを口説くオービル四世に、ちょいちょい素が漏《も》れ出てしまうシェス。

即座《そくざ》にルーザさんが咳払いし、シェスが取り繕《つくろ》う。

アイナちゃんがすっごくハラハラしているけれど、

「これほどの品を扱う商人を抱えているとは、さすがギルアム王国ですな。陛下もそうは思いませんか？」

「うむ。美しいシェスフェリア王女の御用商人だけあって、扱う商品まで美しいものだな」

二人の興味は切子グラスに向いていた。

プレゼンの出だしとしては上々ではなかろうか。

ならば追い打ちいきますか。

「ぼくが扱うのは切子グラスだけではありません。例えばこちら、この商品は『使い捨てカイロ』。使い捨てとなってしまうのですが、寒い日に火を使わずに暖を取れる商品になります。これから冬が訪れるいまだからこそ必要な商品となるでしょう。ほら、温かくなってきましたよ」

「「……ふむ」」

「夜はいつでも訪れる。そんなときはこれ。火も魔《ま》法《ほう》も使わずに灯《あか》りを灯《とも》すことができる『ランタン』になります。こちらは月を模して作られており、芸術品としても、実用的な照明としてもお使い頂けます」

「ほう」

「こちらは『インスタントカメラ』。ここから覗《のぞ》いたときに見える景色を、本物そっくりな絵画として描き出すことのできる魔道具《マジックアイテム》になります」

「おおっ！」

「歌姫《うたひめ》の歌声を永遠に聴《き》き続けたい。そんなことを思ったことはございませんか？　そんな願いを叶《かな》えてくれるのが、こちらの商品。『ボイスレコーダー』になります。使い方は簡単で、ただボタンを——ええ、ここの突起物《とっきぶつ》をポチッと押《お》すだけで歌声を記録することができるのです。こちらを使えば、歌声だけではなく、親しい方や想《おも》い人の声をいつでも聞くことができるのです」

「おおーーーっ‼」

「姿も声も残したい。そんなワガママに応えてくれるのがこちらの商品、『ビデオカメラ』になります！　ここをこうして……こうすれば。……どうです？　いまこちらに映っているシェスフェリア王女のお姿を永遠に残すことができるのです」

「うおおおぉぉぉぉーーーーーっっ‼」

最初は馴染《なじ》みのあるカットグラスの上位互換《ごかん》、切子グラスから。

そこを入口としてどんどん斜《なな》め上へと突《つ》き進《すす》み、最後には未知の商品をプレゼンする。

インスタントカメラを見せたあたりから、宰相とオービル四世の顔には『欲《ほ》しい！』と書かれていて、最後のビデオカメラまでくると『超欲《ちょうほ》しい』に変わっていた。

特にオービル四世の顔には顕著《けんちょ》に表れており、

「そ、そ、その『ぼいすれこおだあ』とやらがあれば、余はいつでもシェスフェリア王女の声を聞くことができるのか……いや、『びでおかめら』ならば姿までも……」

みたいなことをブツブツと一人呟いていた。

ただ、呟きが漏れ聞こえていたものだから、シェスがまた素に戻《もど》っていたけれどね。

「どれも素晴らしい商品ですな、陛下」

「うむ。余もマガトと同感である」

二人とも好反応。

ただ、誤算が一つ。

「……」

「姫《ひめ》さま」

「——ハッ⁉」

シェスも超欲しそうな顔をしていた。

後で好きなのプレゼントしてあげようっと。

「ぼくが扱う商品は以上になります」

俺はそう締《し》めくくり、オービル四世と宰相に一礼。

「うむ。実に見事な品々であった」

オービル四世は心底感心したように、

「吾輩ですら見たことがない品ばかりだ」

宰相はテーブルに並ぶ品をチラッチラして物欲《ものほ》しそうな顔で。

二人の反応を——特に宰相の反応を見るに、『他国の御用商人』から『唯一無二《ゆいいつむに》の商人』へと格上げされたようだ。

ここまでは俺たちが思《おも》い描いた通りに事が進んでいる。

肝心《かんじん》なのは、ここからだ。

隣国の王女《シェスフェリア》が自分の御用商人を紹介する。

その意図を、国のトップに立つ者たちが読み取れないはずがない。

「シェスフェリア王女、なぜご自分の御用商人を吾輩たちに紹介したのでしょう?」

宰相が訊いてくる。

きた！　俺が待っていた言葉だ。

「その説明は、ぼくにさせてください」

「聞かせてもらおうか」

宰相の許可を得て、再び前へ。

「実は陛下にお願いがありまして」

「余に？」

「はい。陛下に。それでシェスフェリア王女に無理を言い、この場に同行させて頂いたのです」

「ふむ」

オービル四世が視線をシェスに向ける。

シェスは無言のまま、こくりと頷《うなず》く。

「許す。申してみよ」

「ありがとうございます」

お願いする立場なので俺は片膝をつき、オービル四世に頭を垂れる。

「どうかぼくに、オービルで商売をする許可を頂けませんか？」

「ほう。そちが余のオービルで商売を？」

「交易の中心ともいえるオービルで商売を――己《おのれ》の商会を持つことは、全商人の憧《あこが》れ。そして夢と言っても過言ではありません。お願いでございます。どうかこのぼくに、その夢を叶えるチャンスをいただけませんか？」

「……ふむ」

オービル四世が腕《うで》を組む。

視線はローテーブルに並ぶ日本から持ってきた品々に向けられ、考え込《こ》むこと一分ばかり。

「マガトよ、この者がこう申しておるがどうだろうか？　余としてはこの者に商売の許可を与《あた》えても良いと――」

「なりません！」

オービル四世の言葉を遮《さえぎ》り、宰相が言葉を被《かぶ》せる。

国のトップに対して、さすがに不敬じゃないのそれ？

「いくらシェスフェリア王女の御用《ごよう》商人とはいえ、他国の商人に許可証を与えては、今いるオービルの商人たちが黙《だま》ってはいませんぞ」

「そ、そうであるか」

オービル四世が再び宰相に叱《しか》られるの巻。

宰相が怖《こわ》いのか、身を縮こまらせているぞ。

だが、ここで引き下がっていては商人失格だ。

「お待ちくださいい宰相閣下《かっか》。ご覧頂いたように、ぼくの商品は市場に出回らない品ばかり。オービルの商人と競合になるようなことは決してございません。それに使い捨てカイロのように、民の生活をより豊かにする商品もあるのです」

「お主の商品がなくとも、我が国の民は皆《みな》が幸せに、そして豊かに暮らしておる。そうですな陛下？」

「うむ。先王である余の父から続く、『只人《ヒューム》族と獣人が共に手を取り合う国』として、オービルの民は誰《だれ》もが幸福である。大臣からの報告にも、そのように記されている」

得意げな顔で語ってみせるオービル四世。

…………え？　幸福？　誰が？　獣人が？

自信満々で語るオービル四世の言葉に、城の外で、そして森でなにが起こっているのかを見てきた俺では思考が追いつかない。

そしてオービル四世の言葉に疑問を感じたのは、俺だけではなかった。

「…………はぁ？」

シェスもまた、衝撃《しょうげき》の発言に素が出てしまっている。

でもすぐにルーザさんが咳払いして、また王女プレイに戻っていたけれどね。

「聞いたな？　お主の商品がなくとも、陛下の治めるオービルは誰もが幸福で暮らしているのだ」

宰相が澄《す》まし顔で断言する。

「うむ。マガトの言う通りだ」

オービル四世は、宰相の言葉を信じて疑っていない様子。

ひょっとして、オービルの実権を握《にぎ》っているのは宰相なのではないだろうか？

でも、年齢《ねんれい》を考えれば当然なのかもしれない。

オービル四世の王としての役割は、宰相の言葉に相づちを打ち、上がってきた書類にサインするなり判子を押すなりするだけ。

そう考えればオービル四世の言葉と、城の外で起こっている現実の剥離《はくり》につじつまが合うぞ。

宰相の言葉は続く。

「……しかしだ、お主ほどの商人が我が国で商売をしたい、と言っているのだ。これを無下に断るのも心が痛む。なにより、シェスフェリア王女のご紹介でもあるわけだからな」

うーむと唸《うな》り、悩《なや》まし気《げ》な顔をする宰相。

「さりとて、我が国の商人たちを説《と》き伏《ふ》せることも難しいだろう。さて、どうしたものだろうか……」

宰相がわざとらしく悩んでみせる。

俺は知っている。

悩んでいるように見せているが、これは演技なのだと。

宰相なりの交渉術《こうしょうじゅつ》の一環《いっかん》なのだろう。

だって宰相ってば、さっきからずっと切子グラスをチラチラしているんだもん。

オービル四世がシェスに一目惚れしたように、宰相は宰相で切子グラスに一目惚れしてしまったのだろう。

「おお！　良いことを思いついたぞ」

これまたわざとらしく、宰相がぽんと手を叩《たた》く。

「お主、我が国で開催《かいさい》される大闘技会《だいとうぎかい》は知っておろう？」

「大闘技会、ですか？」

「そうだ。オービルに古くからある伝統ある催《もよお》しだ。無論、知っておるな？」

「数年に一度開催される、それはそれは大きな大会だと聞き及んでいます」

俺の言葉に、宰相が満足げに頷く。

「大闘技会の優勝者には陛下より褒美《ほうび》が授与《じゅよ》される。つまり、お主が大闘技会で優勝し、褒美として商会を持つことを望めば良いのだ。陛下からの褒美ともなれば、他の商人共も文句は言えぬだろうからな」

「……」

ちょっとこの宰相なに言ってる？

俺に大闘技会に出場しろだなんて、無茶《むちゃ》ぶりにもほどがあるじゃんね。

かつては学生プロレス界隈《かいわい》で名を馳《は》せた俺だけれど、戦っていたリングはいつだって筋書《ブック》きありき。

真剣勝負《ガチンコ》は俺の担当ではないのだ。

「お誘《さそ》い下さり大変ありがたいのですが……この細い体を見てください。ご覧の通りぼくに剣《けん》や武の心得はありません。そんなぼくが大闘技会で優勝するだなんて、天地がひっくり返ってもあり得ませんよ」

「くははっ。面白《おもしろ》いことを言う。吾輩がいつお主に出場しろと言った？」

「違うのですか？」

「お主が出たところですぐに殺されてしまうだろう。そうではなくてだな、」

宰相がにたりとたちの悪い笑《え》みを浮《う》かべる。

「お主も御用商人であるなら、私兵ぐらいはおるだろう。その者たちに戦わせればよいのだ」

「……私兵？」

「なんだおらぬのか？　王女の御用商人ともあろう者が、まさか警護を傭兵《ようへい》や冒険者《ぼうけんしゃ》などに任せてはおるまいな。そのような者たちと付き合いのある商人が、この王宮に足を踏《ふ》み入れることは――」

「い、いるわっ。アマタにはシヘイがたくさんいるのよ！」

宰相《さいしょう》の言葉に被せ、シェスが言い放つ。

「そうよね、アマタ？」

シェスの目が『話を合わせなさい』と訴《うった》えている。

会話の流れから、ここが勝負所だと本能で感じたのだろう。

伊達《だて》に王族してない。

「はい。私兵ならいます。ぼくは警護の者たちのことを『護衛団』と呼んでいますので、私兵と問われ、少し戸惑《とまど》ってしまいました」

「で、あるか」

シェスと俺《おれ》の言葉で、宰相も納得《なっとく》した様子。

あっぶねー。なんとか誤魔化《ごまか》せたぞ。

宰相の言葉から察するに、ある程度の地位を築いた商人になると自前の護衛部隊――私兵を持つのは当たり前のようだ。

「お主はその者たちを闘技場《とうぎじょう》に立たせれば良い。その者たちが優勝すれば、主人であるお主には陛下より望むものが褒美として与えられるであろう」

宰相はそこで一度区切ると、後ろを振《ふ》り返り、

「商人の私兵が出場できる種目は何であったかな?」

そんな宰相の問いに、背後に控《ひか》えていた文官風の青年が即座に答える。

「集団戦であります、閣下」

「では集団戦について、この商人に説明せよ」

「ハッ」

控えていた青年が、宰相にびしっと敬礼。

俺に向き直ると、

「アマタ殿《どの》、オービルが誇る大闘技会の種目の一つに『集団戦』というものがございます」

集団戦のルール説明をはじめた。

「この種目は三名以上一〇名以下で隊を組み、対戦相手の隊と武を競《きそ》うのです。武器に制限はなく、回復魔法を除く全ての魔法の使用が許されております。試合中アイテムの使用は禁止。勝敗は全員が戦闘《せんとう》不能、場外への転落、あるいは死亡するか、隊を率いる者の敗

北宣言によって決まります。また、試合前であれば出場闘士《とうし》の入れ替《か》えも認められております」

青年の説明を簡単にまとめると、こんな感じだった。

一対一での闘《たたか》いが多い闘技大会において、チーム戦である集団戦は大人気なコンテンツ。

馬上槍《やり》試合や剣闘では味わえない、魔法による戦いも目にすることができるため、その人気は闘技大会でも一、二を争うほどなんだとか。

集団戦には有名な傭兵部隊や冒険者パーティ、オービルの大商人が抱える私兵。他にも貴族の私設軍なんかが参加するそうだ。

「私からの説明は以上になります」

説明を終えた青年が一歩後退。

俺は再び宰相と向き合うことに。

「聞いた通りだ。本来ならば、大闘技会への出場にはその者の実績や貴族からの紹介《しょうかい》が必要なのだが……」

宰相が切子グラスをチラ見し、続ける。

「お主がどうしてもと言うのであれば、吾輩《わがはい》が口を利《き》いてやろう。どうだ？」

いまの宰相の言葉には、こんな意味が含まれている。

切子グラスを寄越《よこ》せば、お前《俺》を大闘技会に出場させてやるぞ、と。

この問いに対し、俺は、

「是非《ぜひ》ともよろしくお願いします」

と答えるのだった。

「うむ。わかった。シェスフェリア王女の御用商人であるお主の頼《たの》みであるからな。両国の関係のためにも、吾輩が骨を折ってやろうではないか」

宰相が切子グラスをチラッチラ。

わかりやすく視線で対価を要求しているぞ。

「ありがとうございます。お礼というわけではありませんが、お好きな切子グラスがございましたら、一つ贈《おく》らせてください」

「良いのか？」

「もちろんです。宰相閣下にぼくの無理を聞いてもらうのですから」

「ふっふっふ。なかなかに話のわかる商人ではないか」

宰相の視線が、ローテーブルに並べられた切子グラスに向けられる。

いくつもある切子グラスのなかから、どれにするか悩んでいるのだ。

「ああ、そういえば一つ言い忘れていたが、集団戦に参加できるのは亜人《あじん》のみだからな」

「……へ？　亜人？　宰相閣下、それはどういう意味でしょうか？」

訊き返す俺に、宰相は切子グラスから目を離《はな》さぬまま答える。

「なに、五年前――陛下の代からの慣例のようなものだ。オービルの民は亜人――とりわけ、獣人《じゅうじん》の戦いを好む。それ故、推薦《すいせん》を受け集団戦に出場する者たちには隊を亜人で編成するように伝えておるのだ。お主も出場すると決めたからには、亜人のみで編成するのだぞ。それと獣人を必ず一人は入れるようにせよ」

「……しょ、承知しました」

こうして俺は、成り行きで大闘技会に出場することになったのだった。

第八話　仲間を集めよう

謁見を終えた俺たちは、オービル王が用意した屋敷へと案内された。

国賓《こくひん》が滞在《たいざい》するために建てられた屋敷だそうで、とても広く、家具も高価そうなものばかり。

また屋敷の周囲は騎士《きし》が巡回《じゅんかい》しており、厳重に警備されている。

大きな闘技大会のたびに隣国《りんごく》の王族を招くため、オービルにはこのような屋敷がいくつかあるそうだ。

俺たちは屋敷の一室に集まり、セレスさんとママゴン&すあま親子と合流。

オービル四世と謁見したときのことを共有する。

そして——

「どうしてこうなった？」

俺は頭を抱えていた。

話の流れから、大闘技会に参加することになってしまった。

それも『亜人の私兵を戦わせる』という約束で。

亜人を簡単に説明すると、「只人族《ヒューム》以外の知性を持つ人型種族《ひとがたしゅぞく》」ということになる。

獣人、エルフ、ドワーフ、妖精族《フェアリー》、巨人族《きょじん》、ハーフリング、蜥蜴人《リザードマン》、六肢族《むつしぞく》、えとせとらえとせとら。

数え上げればキリがないほど、異世界《こちら》には多くの種族が存在する。

広義としては、魔人族《まじん》であるセレスさんもこの亜人にあたるみたいだ。

まあ、見た目は完全に只人族なので、セレスさんをエントリーすることはできないのだけれど。

「ごめんなさいアマタ。あたしが『アマタにはシヘイがたくさんいる』なんていっちゃったから……」

シェスが謝《あやま》ってきた。

場の勢いで発言してしまったことを後悔《こうかい》しているようだ。

「いや、シェスは悪くないよ。というか、返答に詰《つ》まった俺を助けてくれてありがとね」

「アマタ……」

「あそこでシェスが『いる！』って言ってくれなかったら、獣人たちを救うチャンス自体なくなっていたかもしれない。だから、本当に感謝しているよ」

「う、うん」

シェスが照れたように身をよじる。

どうやらシェスは叱られると思っていたみたいだ。

それが感謝されたものだから、恥《は》ずかしくなってしまったのだろう。

「だがアマタ、姫さまの機転で大闘技会に参加できることにはなったが、闘技者はどうするつもりだ?」

「ルーザ嬢《じょう》の言うように、いま考えるべきは点はそこだね。只人族の出場が認められていれば僕《ぼく》が出場したのだけれど……」

「ですが、でゅ、でゅ、デュアン殿っ。あの人相の悪い宰相は亜人でなければならない、と」

「うん。そうなんだ。だから僕たちは早急《さっきゅう》に亜人の出場者を探さなくてはならない。大闘技会まで、あと七日しかないのだからね」

デュアンさんは真剣な顔で。ルーザさんはにへらと蕩《とろ》けた顔で。大闘技会に向け、どうするべきか話し合っている。

「でゅ、デュアン殿。一度ギルアム王国に戻り出場者を募《つの》ってみてはどうだろうか?」

「僕もそれがいいと思う。けれど、優勝を狙《ねら》えるほどの戦士を見つけることができるかどうか……」

考え込む騎士が二人。

正直、俺もニノリッチに戻り、『妖精の祝福《冒険者ギルド》』で出場者を募集《ぼしゅう》することは考えた。

集団戦は攻撃魔法《こうげきまほう》もアリなんだそうだ。となれば、冒険者にこそうってつけなルールともいえる。

つまり妖精の祝福で出場者を募る、という選択肢《せんたくし》もあるわけだ。

けれども――

「シロウお兄ちゃん」

「ん、どうしたのアイナちゃん？」

「とうぎたいかいって、ひとが死んじゃうんでしょ？」

「……うん。死んでしまうこともあるみたいだね」

大闘技会で使用される武器は、刃引《はび》きされたものではなく真剣《本物》だという。

どんな傷でも完全回復できるママゴンさんがいるとはいえ、だ。

報酬《ほうしゅう》と引き換《か》えに、こちらの都合で命を賭《か》けた戦いに出場してもらうのは違《ちが》う気がする。

「僕がマゼラに戻り、バシュア様に協力を仰《あお》いでこようか？　領都マゼラには亜人も多い。きっと腕の立つ者もいるはずだ」

「ならば私も王妃さまに協力を願い出ましょう」

「あたし、父上におねがいしてみるわ！」

デュアンさん、ルーザさん、そしてシェス。

三人がどうやって亜人の出場者を集めるか相談している中、俺は悩みに悩み、

「俺に、一人だけ心当たりがあるんだ」

そう言うのだった。

◇◆◇◆◇

「へえ。それでウチのところに来たってわけかい」

「はい。お願いできませんかバレリアさん」

やってきたのは熊獣人が住まうルグゥの里。

その戦士長であるバレリアさんに、俺は頼みにきていた。

同行者は護衛役のセレスさんのみ。

セレスさんと二人で森に入り、記憶《きおく》を頼《たよ》りにルグゥの里へと辿《たど》り着く。

俺に気づくと、熊獣人たちは笑顔《えがお》で出迎《でむか》えてくれた。

すぐにバレリアさんに取り次いで貰い、大闘技会への出場をお願いした次第《しだい》だ。

「ふぅん。大闘技会ねぇ」

「はい。絶対に優勝しないといけないんです」

バレリアさんに、事に至った経緯《けいい》を話す。

場所はバレリアさんのお家《うち》。

すっかり日が暮れランタンが灯った居間にいるのは、バレリアさんと俺とセレスさんの三人だけ。

森の嘆き《病》から元気になったバレリアさんの弟は、いま避難《ひなん》して来た賢猿人《ショウジョウ》のために家屋を建てているそうだ。

熊獣人は夜目が利くため、夜通しでも建てられるっていうんだから凄《すご》いよね。

「そのためにウチの力が必要、ってことだね」

バレリアさんは、熊獣人の戦士長。

オーガを素手《すで》で殴《なぐ》り殺すぐらい強い人だ。

金等級目前のキルファさんも、バレリアさんの強さを認めていたほどに。

「俺は戦う力を持っていません。そんな俺がお願いするのは筋違《すじちが》いかもしれません。ですが、」

俺は床《ゆか》に手をつき、深く頭を下げる。

「獣人たちを助けるために、どうか力を貸してもらえませんか？」

「シロウ、頭をあげておくれよ」

「いえ、無茶なお願いをしているんです。頭ぐらい下げさせてください」

「……ったく。ほら、ウチは頭をあげてくれ、って言ったんだよ」

バレリアさんは手を伸《の》ばすと俺の襟首《えりくび》を掴《つか》み、ひょいと持ち上げる。

強引《ごういん》な「面をあげい」状態だ。

「ルグゥの里を救った男が、簡単に頭を下げないでおくれよ。シロウはウチらの恩人なんだよ？」

「俺は別に、恩人だなんて――」

「それに言ったろ？　ウチの力が必要なときは声をかけておくれよ、ってさ」

「っ⁉」

バレリアさんはにかっと笑い、続ける。

「優勝すればドゥラの森に住む獣人を救えるんだろ？　シロウの連れ合い――キルファを取り戻せるかも知れないんだろ？　ならウチが断る理由はないよ」

バレリアさんは俺を真《ま》っ直《す》ぐ見つめ、安心させるように。

「ウチに任せなシロウ。ウチが優勝してやるよ」

「バレリアさん……」

「ウチと一緒《いっしょ》にキルファを取り戻そうじゃないか。な?」

「っ……。はい。ありがとうございます」

バレリアさんの優《やさ》しさに、不覚にも涙《なみだ》が出そうになってしまった。

頭を掻《か》くフリして、こっそり目尻《めじり》を拭《ぬぐ》ったからバレてないはずだ。

「その大闘技会ってやつに出るには、最低でもあと二人集めないといけないんだったね。どうする? 戦士団から腕の立つヤツを連れてこようか?」

「いいんですか?」

「構わないよ。団の連中も同胞《どうほう》を救うためなら喜んで戦うだろうよ」

「じゃあ――」

お願いします。そう続けようとしたタイミングでのことだった。

「待てシロウ。私に考えがある」

不意に、それまで沈黙《ちんもく》を貫《つらぬ》いてきたセレスさんが声をかけてきた。

「セレスさん? 考え、って?」

「要は、亜人に見えさえすればよいのだろう? 亜人に見えさえすれば大闘技会に出られるのだろう?」

「それはそうだと思いますけれど……?」

首を傾《かし》げる俺に、セレスさんがにやっとする。

その笑みを見て俺は思い出した。

セレスさんは誇《ほこ》り高い戦士。

言うなれば、戦いにこそ喜びを見出《みいだ》すゴリゴリの戦闘民族だ。

そんな戦闘民族であるセレスさんが、『大闘技会』という心躍《おど》るパワーワードを聞いて、じっとしていられるわけがなかったのだ。

「見ていろ」

セレスさんがすっくと立ち上がる。

そして俺とバレリアさんが見守るなか、

「ふんっ」


――メキッ、メキメキメキ……。


背中からメキメキと嫌《いや》な音を立てて漆黒《しっこく》の翼《つばさ》が生えてきた。

これに驚《おどろ》いたのがバレリアさんだ。

「なっ、なっ、なっ――お、お前！　その翼はいったいなんだい⁉」

バレリアさんはびっくり仰天《ぎょうてん》。

俺はセレスさんの飛行形態に見慣れているけれど、バレリアさんはこれが初見だ。

驚くのも無理はない。

けれどもセレスさんは、驚くバレリアさんの問いには答えず、

「どうだシロウ？　この姿ならば『有翼人《ゆうよくじん》』だと言えば信じるのではないか？」

と俺に訊《き》いてきた。

なるほど。体の一部を変化させることで他種族に擬態《ぎたい》するわけか。

有翼人とは、文字通り背中から翼を生やした種族のことだ。

なんでも空に浮かぶ大陸？　島？　だかに住んでいるそうで、レア度の高い種族なんだとか。

「えーっと、つまりセレスさんも大闘技会に出場する、ということですか？」

「いけないか？」

「いえ、出場してくれるのはありがたいんですけれど、」

俺はチラッとバレリアさんを見る。

バレリアさんが未《いま》だ驚いているのを確認《かくにん》してから、セレスさんの耳元に口を寄せ、

「相手のこと、殺さないでくださいね」

と言うのだった。

◇◆◇◆◇

熊獣人の戦士長バレリアさん。

魔王《まおう》四天王の一人、魔人セレスディアさん。

この両名の参加により、優勝はほぼ確定したようなもの。

最低参加人数まであと一人。

第一候補はルグゥの里にいる戦士。

そして第二候補が――

「シロウの話じゃ、オービルの貧民街《ひんみんがい》には元闘士がいるんだろ？　なら、ウチらの同胞がいるかもしれないね」

深い傷を負っていても、俺の仲間《ママゴンさん》の回復魔法《まほう》で治すことができる。

そのことをバレリアさんに伝えると、どうしても貧民街へ行きたい、と言い出した。

貧民街に行って傷を治してやって欲しい、と。

傷を治す対価として大闘技会に出場させればいい、と。

俺としては対価なしに治してあげたいのだけれど、熊獣人の戦士――というか獣人の戦士は、同族以外から受ける無償《むしょう》の施《ほどこ》しを嫌《きら》う傾向《けいこう》があるそうだ。

そんなわけで、最後の一人は貧民街でスカウトすることになった。

バレリアさんは口に出さなかったけれど、出稼《でかせ》ぎに行き、連絡《れんらく》の途絶《とだ》えた同胞を捜《さが》したいのだと思う。

ひょっとしたら、大切な誰かをずっと待っていたのかもしれない。

まだ同胞が――大切な誰かが生きていると信じて。

「ではバレリアさんとセレスさんが確定で、最後の一人は貧民街の元闘士に声をかける、ということでいいですね？」

俺の言葉に二人が頷く。

こうしてバレリアさんの出場依頼は叶《かな》ったのだった。

◇◆◇◆◇

この日はルグゥの里で一泊《ぱく》し、明日の朝、バレリアさんを連れオービルへ戻《もど》ることになった。

空間収納《くうかんしゅうのう》からたくさんの食料を取りだし、熊獣人と賢猿人、そして大食《おおぐ》らいのセレスさんに振《ふ》る舞《ま》う。

もちろんお酒もだ。

日本から持ち込んだお酒だけじゃ足りなかったので、オービルで購入《こうにゅう》したワインを樽《たる》ごとプレゼント。

すぐに里の広場で宴《うたげ》がはじまった。

子供たちが俺と遊びたそうにしていたけれど、隣《となり》にいるセレスさんが怖かったのだろう。なかなか近づいてこない。

仕方ない。なら俺の方から近づこう、と地面から腰《こし》を上げたときだった。

「シロウ、少しいいかい？」

バレリアさんが声をかけてきた。

「お前に見てほしい物があるんだ」

「俺に？　どれですか？」

「これさ」

バレリアさんがどさりと、地面になにかを置く。

「なんですか、このバカでかい輪《リ》っか《ング》は？」

地面に置かれた金属製のリング。

大小様々なサイズがあって、一番小さな物でも直系三〇センチほど。大きい物に至っては倍の六〇センチはありそうだ。

平べったい輪っかのような形状をしていて、帯の部分にはうっすらと幾何学的《きかがくてき》な紋様《もんよう》が描《えが》かれている。

もっと小さければブレスレットにも見えただろう。

「バレリアさん、これは？」

「賢猿人の里でオーガの群れを倒《たお》しただろう？　シロウと別れたあと、ウチは仲間を連れてオーガの素材を剥《は》ぎに戻ったんだ」

そこで一度区切ると、バレリアさんは地面に置いたリングを見つめる。

「こいつは、あのオーガ共が身につけていた装飾品《モノ》だよ」

「オーガが……これを？」

数日前のことだ。

俺とキルファさん、そしてバレリアさんは、ドゥラの森に住む獣人の里を巡《めぐ》り、『森の嘆き』に苦しむ人たちに薬を配って回った。

そして最後に訪《おとず》れた賢猿人の里で、オーガの群れと遭遇《そうぐう》したのだ。

まだ息のある賢猿人を助けるため、キルファさんとバレリアさんはオーガの群れと戦うことを選んだ。

クマ避《よ》けスプレーをフル活用し、また俺を捜しにきたデュアンさんの加勢もあり、なんとかオーガの群れを倒すことができたのだった。

バレリアさんの説明によると、目の前の装飾品はオーガが腕、あるいは首や足首につけていたものらしい。

「オーガの素材を剥ぎにいったときに装飾品があることに気づいてね。気になって持ち帰ったんだ。ウチらじゃ装飾品が何か《こいつ》わからないけれど、商人のシロウならわかるんじゃないか?」

「なるほど。それで俺に。ちょっと触《さわ》ってみてもいいですか?」

「構わないよ」

「では失礼して……重っ!」

地面に置かれたリング状の装飾品を掴み、持ち上げようとしてみたけれど、

「めちゃくちゃ重くないですかこれ?」

「そうかい？」

「いや、重いですって！」

片手じゃ持ち上げられないほど重かった。

危《あや》うく腰が逝《い》くところだったじゃんね。

こんな重い物をバレリアさんは片手で——それも複数個——持っていたのだから凄いよね。

伊達《だて》に戦士長してない。

「シロウ、私に貸してみろ」

「セレスさん、重いんで気をつけてくださいね」

「柔《やわ》なシロウと一緒にするな」

バレリアさん同様、セレスさんも苦もなくリングを持ち上げる。

ちっくしょう。これでも毎日筋トレしてるんだけどな。

「それでどうだい？　こいつが何かわかりそうかい？」

バレリアさんが訊いてくる。

オーガでも装飾品を身につけることはある。

でもそれは己《おのれ》が狩《か》った獲物《えもの》の頭蓋骨《ずがいこつ》や牙《きば》ばかりで、このリングのような金属製の装飾品を身につけることは珍《めずら》しい――というか初めて見たそうだ。

だから気になった、とバレリアさんは続けた。

「んー、ちょっと俺も初めて見ますね。ただ、」

目の前のリング（セレスさんが持ち上げてくれた）を凝視《ぎょうし》する。

「これ薄《うす》く光ってますよね？　となるとこのリングは魔道具《マジックアイテム》ってことか」

「シロウは魔道具に詳《くわ》しいのかい？」

「自分が扱《あつか》う商品でしたら。それ以外はさっぱりです」

「……そうかい。じゃあこいつが何かはわからないんだね」

「すみません、力になれず」

「いいさ。気にしないでおくれ」

リングをバレリアさんに返そうとしたところで、

「シロウ、あの不滅竜《ふめつりゅう》ならこれが何かわかるかもしれないぞ」

セレスさんがそんなことを言ってきた。

「高位ドラゴンのなかには魔法に精通している個体もいるからな。ならばあの不滅竜も同様だろう」

「あー、確かにママゴンさんならわかりそうですね」

名前も呼びたくないのか、セレスさんの顔が険しい。

なのに俺のために提案してくれたのだ。ありがたいことじゃんね。

セレスさんの言うように、ママゴンさんならこの魔道具《リング》についてわかるかもしれない。

ダメでも魔法に詳しいネスカさんなら解析《かいせき》できるかもしれないし、ばーちゃんなら確実にわかるだろう。

俺がわからなくても、仲間を頼ればいいのだ。

「バレリアさん、この魔道具しばらく預かってもいいですかね？　俺の仲間なら解析できるかもしれないんです」

「いいよ。持ってお行き」

「ありがとうございます」

俺は背負っていたリュックを下ろし、リュック内で空間収納を開く。

セレスさんの手を借り、リュック〈空間収納〉にリングを入れた。

「ではお預かりしますね。なにかわかったらすぐに知らせます」

「無理を言ってすまないね。上手《うま》く言葉にできないのだけれど……そいつを見るとどうにも嫌な予感がするんだ」

「へええ。直感ってやつですね」

「ふふっ。そうだね。ただの勘《かん》だよ。いけないいかい？」

「いいえ。俺は直感を信じるタチなので」

とある研究によると、直感の的中率は九〇パーセントと出たそうだ。

脳が過去の経験や学習してきた事柄《ことがら》から無意識に答えを引き出したものこそが、直感なんだとか。

「そうなのかい？」

「そうなんですよ」

しばらくバレリアさんと見つめ合い、

「くはっ」

「あはははっ」

どちらともなく吹《ふ》き出す。

翌日、俺はセレスさんとバレリアさんを連れてオービルへ戻るのだった。

第九話　三人目の出場者

「はい、というわけで、」

屋敷《やしき》に戻った俺《おれ》は、

「こちら、バレリアさんになります！」

「ルグゥの里の戦士長バレリアだ。よろしく頼むよ」

みんなにバレリアさんを紹介する。

「アイナです。バレリアお姉ちゃん、よろしくおねがいします」

「シェスフェリアよ。あえてうれしいわ」

はじめて見る熊獣人に、アイナちゃんとシェスは瞳《ひとみ》を輝《かがや》かせ、

「やあ、また会ったね」

「っ⁉　でゅ、デュアン殿は彼女《かのじょ》と知り合いなのかっ？」

前に一度会っているデュアンさんと、その事実に焦《あせ》るルーザさん。

「私の名はママゴン。こちらは娘《むすめ》のすあま。すあま、ご挨拶《あいさつ》なさい」

「あぃ。しゅぁまでしゅ。れいしゃいでしゅ」

「よく出来ましたね」

「れ、○歳《さい》だって⁉　さすがに冗談《じょうだん》だよね？」

ママゴンさんの指示ですあまが上手に挨拶すれば、まだ○歳だという事実にバレリアさんが驚く。


ひと通り紹介が終わったところで席に着く。

場所は屋敷のダイニングルーム。

シェスのために用意された屋敷は広かったのだけれど、九人が同時に着席できる場所がダイニングルームしかなかったためだ。


「――ということがあって、こちらのバレリアさんとセレスさんが大闘技会《とうぎ》に出場してくれることになりました。最後の一人は貧民街の元闘士に声をかける予定です」

屋敷に待機していた六人に経緯を説明する。

無事に大闘技会に出場できそうなので、みんなも安心したようだ。

「ママゴンさんの許可なく話を進めてしまってすみません。貧民街で苦しんでいる元闘士の傷を治すこと、お願いできますか？」

「この身は魂《たましい》の一片《いっぺん》に至るまで主様のもの。どうぞ主様が望むままにお使い下さい」

相変わらず忠誠心がカンストしてて怖《こわ》くなる。

だってほら、はじめましてのバレリアさんがドン引きしてるし。

何度目ましてのシェスとデュアンさんはやや引きで済んだけれど、ルーザさんなんかあからさまに侮蔑《ぶべつ》の表情を俺に向けているじゃんね。

「ですが主様、」

ママゴンさんがキッとセレスさんを睨《にら》み、続ける。

「そこの魔人が大闘技会とやらに出場するというのは、どういうことでしょうか？」

「えっとですね。簡単に説明すると、セレスさんは背中から翼を生やすことができるじゃないですか。それを利用して有翼人のフリをしてもらうことにしたんです。ほら、亜人なら出場できるわけで…………って、ママゴンさん？」

「……」

ママゴンさんが歯を食いしばり、めちゃんこ悔《くや》しそうな顔をしているぞ。

なんかもう、肩《かた》までわなわなと震《ふる》えているじゃんね。

「他種族に擬態をするなど、魔人は欺《あざむ》くことに抵抗《ていこう》がないのですね。己《おの》が種族に誇りはないのですか？　そうまでして主様の役に立ちたいのですか？」

責めるようにママゴンさんが畳《たた》みかける。

これに対して、セレスさんは勝ち誇った顔で返す。

「フッ。只人族のフリをしている貴様が言うな」

「こ、これは只人族である主様のお姿に合わせただけで――」

「言い訳などやめておけ。見苦しいだけだぞ」

「くっ……」

セレスさんに対し、いつもは強者然として振《ふ》る舞《ま》うママゴンさんが、この場に限っては立場が逆転。

上から見下すような物言いのセレスさんに対し、ママゴンさんが悔しそうに呻《うめ》く。

「欺くことに抵抗はない。戦士の祭典《大闘技会》でシロウは勝者となることを望んだ。ならば私はシロウの願いを叶えるために戦うのみ」

「くうぅぅ～～～っ」

俺の願いを叶える、という部分が特に気に食わなかったようだ。

――ギリッ、ギリギリ……ギリギリギリギリ……ゴキンッ。

ママゴンさんの歯ぎしりがダイニングに響《ひび》き渡《わた》る。

てか、いま歯が折れる音しませんでした？

その音が怖かったのか、すあまが泣きそうになっていた。

やがて、

「………主様」

静かに、それでいて凄《すご》みのある声音《こわね》で、ママゴンさんが俺を呼んだ。

「な、なんでしょう？」

「主様に、私からご提案があります」

「ど、どんな提案ですか？」

怖い。ママゴンさんの笑顔が怖い。

だって数秒前まであんなにもギリギリゴキンしてたのに、いまのママゴンさんめちゃんこ微笑《ほほえ》んでいるんだもん。

「見ていてください」

ママゴンさんはそう言うと、椅子《いす》から立ち上がる。

次の瞬間《しゅんかん》――

「んっ……」

ママゴンさんの背中から純白の翼が生えてきた。

それはもうにょきにょきと。

「「「おおっ……」」」

その光景にみんなが驚く。

特に、

「そ、そいつも翼が生えるのかいっ⁉」

ママゴンさんの正体をしらないバレリアさんは、目を白黒させていた。

「いかがでしょうか主様？」

「へ？　いかがでしょう……って？」

言葉の意味がわからず首を傾げていると、ママゴンさんがずずいと距離《きょり》を詰めてきた。

それはもうずずいと。

椅子に座《すわ》る俺の視線に合わせてかがむと、ニコニコと微笑んだ顔で、再び。

「いかがでしょう？　翼を生やしました」

「あ、はい。生えましたね」

「はい。主様のために翼を生やしたのです」

「はぁ。……え？」

ママゴンさんはずっとニコニコしている。
ヤバイ。微笑みの裏に秘《ひ》められた圧が強すぎて、落ち着いて考えられないぞ。
なのに落ち着こうとしても、ママゴンさんの顔がどんどん近づいてくる。
もう鼻先が触《ふ》れてしまいそうな距離だ。
こんなん落ち着けるわけがないじゃんね。
「主様、私をよく見てください」
「は、はい！」
えっと、えっと。純白の髪《かみ》と、身を包む純白のドレス。
これはいつも通り。
そこに追加でこれまた純白の翼が生えてきた。
おまけにママゴンさんは、いつだって地面から足がちょっと浮《う》いている。
あと頭の上に輪っかを足したら、完全に見た目が天使になるだろう。
——ッ⁉
昔、ばーちゃんが言っていたっけ。
『士郎《しろう》や。女性の変化に気づいたら、すぐに褒《ほ》めてやらないといけないよ』

そうか。

そういうことなんだね、ばーちゃん。

「ママゴンさん！」

「はい。なんでしょう主様？」

「その……てっ、天使みたいです……ね？」

「はい？」

「なんでもないです！」

答えを間違《まちが》ったようだ。

ママゴンさんの圧力が、より一層強まる。

ばーちゃんの言葉に従って褒めたつもりなのに、圧が増しただけだったぞ。

話が違うよばーちゃん。

ママゴンさんがめちゃんこニコニコしている。

俺はそんなママゴンさんの意図をくみ取れず、より焦るばかり。

そんななか、

「ね、ね、シロウお兄ちゃん」

隣のアイナちゃんが、俺の服をくいくいと引っ張る。

「どしたのアイナちゃん？　いま俺は正しい答えを見つけないといけ――」

いけないいんだ、そう続けるよりも早く、

「シロウお兄ちゃん、んとね」

アイナちゃんは俺の耳元に口を近づけ、小声でこしょこしょと。

「ママゴンお姉ちゃんもね、セレスお姉ちゃんのまねっこして、ゆうよくじんのフリしてるんだよ」

「っ!?」

アイナちゃんの言葉を聞き、脳内でキュピーンと稲妻《いなずま》が走る。

なるほど。そゆ意味だったのか。

アイナちゃんのおかげでやっと理解できたぞ。

「ありがと。アイナちゃん」

「ん」

アイナちゃんにお礼を言ってから、ママゴンさんに向き直る。

一度大きく息を吸《す》い込《こ》み、深呼吸。

からの――

「凄いですママゴンさん！　どこからどー見ても有翼人にしかみえません！」

さあ、ママゴンさんの反応は如何《いか》に？

「本当ですか、主様？」

「ええ。もうバッチリ有翼人ですよ！」

正解だったようだ。

ママゴンさんから、きれいさっぱり圧が消えた。

なら、次に俺が言うべき言葉はこれだ。

「ママゴンさん、もしよければ大闘技会に出場してもらえませんか？」

「それが主様のお望みならば。このママゴン、主様に勝利を捧《ささ》げることを誓《ちか》いましょう」

「あ、ありがとうございます！」

こうして、バレリアさんとセレスさんに続く三人目の出場者として、不滅竜のママゴンさんの参加が決まったのだった。

大闘技会どころか、国家にすら圧勝できるほどの過剰《かじょう》戦力。

これで優勝は決定事項《じこう》となった。

ちなみに一部始終を見ていたセレスさんは、最後にこんなことを呟《つぶや》いていた。

「……なんだこの茶番は？」

第一〇話　貧民街へ

三人目の出場者がママゴンさんに決まったことにより、元闘士《とうし》をスカウトする必要がなくなった。

それでも、

「シロウ、ウチと一緒に貧民街に行ってくれないかい？」

やはり同胞のことが気がかりなのだろう。

バレリアさんは俺に、そして回復魔法を使えるママゴンさんと共に貧民街へ行くことを望んだ。

そんなわけで俺とバレリアさんに、ママゴンさんとすあまの四人でオービルの街を歩いていた。

「ここを右に曲がって真っ直ぐ、と」

デュアンさんが描いてくれた地図を頼《たよ》りに貧民街を目指す。

ママゴンさんはすあまと手を繋《つな》ぎ、バレリアさんは熊獣人だとバレないように、外套《がいとう》のフードを目深《まぶか》に被《かぶ》って。

当初はデュアンさんが案内してくれる予定だったのだけれど、

『シェスフェリア王女。よ、よ、余とおちゃ――お茶会をせぬかっ？』

オービル四世からの急なお誘《さそ》いが入ったため、急遽《きゅうきょ》護衛騎士《きし》としてシェスの側《そば》にいることになったのだ。

ルーザさんも同様で、アイナちゃんもメイド姿に着替《きが》えてこれに同行した。

いまごろシェスは、お城の庭園でぎこちない会話をしながらお茶を飲んでいることだろう。

ボロを出さないと信じたい。

「あれ？　道に迷ったかな？　あ、すみませーん。ひんみん……クアド地区に行きたいのですが、この道で合っていますかね？」

普段《ふだん》から地図情報サービスを利用している弊害《へいがい》だろう。

アナログな――それも手書きの地図に慣れていない俺は、気づけば違《ちが》う道を歩いていた。

近くにいた通行人に声をかけ、貧民街《クアド地区》の場所を訊く。

訊かれた通行人の御婦人《ごふじん》は、訝《いぶか》しむようにじろりと。

「……あなたたちみたいな人が、クアド地区《あそこ》に行ってなにをするつもりなの？」

「それはですね。なんと言いますか、獣人の方に――」

「あなたこの街の人じゃないわね。獣人に酷《ひど》いことをするつもり？　それとも人足として
コキ使うつもり？」

「え？　え？」

「酷いことをするつもりなら、道なんか教えてあげないわよ」

御婦人の顔が強張《こわば》っている。

その視線は俺の頭上を通り過ぎ、背後をチラチラと。

フードを目深に被ったバレリアさんに向けられていた。

バレリアさんは背も高いし体格もいいから、警戒《けいかい》しているのかも。

それでも勇気を振《ふ》り絞《しぼ》り、道を尋《たず》ねる俺を突《つ》っぱねたのだ。

「獣人に酷いことだなんて……あれ？　待ってください。あなたは只人族《ヒューム》なのに、獣人を
守ろうとしているんですか？」

「いけない？　オービルはね、先王さまの代までは獣人も只人族も仲良くやっていたのよ。

ほんの五年前のことよ。なのに……」

御婦人が顔に悔しさを滲《にじ》ませる。

「なのに、いまの王さまは獣人がお嫌いなようでね。だから街の人たちも手のひらを返して獣人に酷いことをするようになったの。王さまに媚《こび》を売りたい気持ちはわかるけど、それでも良き隣人《りんじん》である獣人の信頼《しんらい》を裏切るなんて情けないことだわ」

御婦人の言葉には怒《いか》りが込められていた。

「わたしには獣人の友だちがいたわ。わたしだけじゃない、この街には獣人のことをいまも友だちと思っている人がたくさんいるの。獣人のことが大好きな只人族がたくさんいるの」

御婦人の言葉は止まらない。

「でもそのことを大きな声で言うと、警邏隊《けいらたい》の詰《つ》め所《しょ》に連れて行かれて鞭《むち》で叩《たた》かれるのよ」

「鞭ですって⁉」

あのシェスに一目惚《ひとめぼ》れしちゃったオービル四世が、そんな命令を出すとは思えない。

であるなら、その命令を出したのはおそらく――

「いつしか街の大通りは獣人を虐《しいた》げる人ばかりになったわ。わたしのように、いまも獣人を友だちだと思っている人たちは口をつぐみ、静かに暮らすしかないのよ」

御婦人の話によれば、この街には獣人のことを大切に想《おも》っている人がいまも多くいるとのこと。

正直、俺はこの街に住む只人族の全てが嫌いになりかけていた。

けれども目の前の御婦人のような人もいると知り、少しだけ救われた気持ちになった。

「わかった？　あなたたちが獣人に酷いことをするのなら――――」

「ありがとよ」

感謝の言葉を述べたのはバレリアさんだった。

バレリアさんは被っていたフードを取ると、御婦人に微笑む。

「っ!?　熊獣人？　あなた熊獣人だったの？」

「ウチはバレリア。こっちの男――シロウに頼《たの》んで貧民街にいるかも知れない同胞《どうほう》を捜《さが》しにきたんだ」

「……そうだったのね」

バレリアさんを見て、御婦人の顔に安堵《あんど》が浮かぶ。

「疑ったりしてごめんなさい。その……あなたも獣人が？」

戸惑《とまど》いながら訊《き》いてくる御婦人に、俺は大きく頷《うなず》きサムズアップ。

「ええ。大好きです！」

「シロウの連れ合いはね、猫獣人《ケットシー》なんだよ」

「そうだったのね。わたしも魔狼族《まろうぞく》の恋人《こいびと》がいたことがあるのよ。別れちゃったけれどね」

この会話をきっかけに、御婦人はあれこれと教えてくれた。

オービルには獣人との融和《ゆうわ》を望む住人が数多くいること。

その人たちが、こっそりと貧民街《ひんみんがい》の獣人たちを援助《えんじょ》していること。

なかには門番の目を盗《ぬす》み、獣人を国外に連れ出した人もいるそうだ。

その人たちの想いを無駄《むだ》にしないためにも、絶対に獣人たちを助けないといけない。

俺はそう思うのだった。

◇◆◇◆◇

御婦人に道を教えてもらい、やっと貧民街に辿《たど》り着いた俺たちを待っていたのは、想像を超《こ》える劣悪《れつあく》な環境《かんきょう》だった。

薄暗《うすぐら》い路地のいたるところに獣人が座り込んでいる。

片腕《かたうで》のない者。脚《あし》を失った者。目を潰《つぶ》された者。

これらはおそらく元闘士。

他にも痩《や》せ細《ほそ》った青年や少女。

病のためか、皮膚《ひふ》が腐《くさ》りはじめている者までいた。その数はざっと三〇人。

まだ貧民街の入口なのにこの状況《じょうきょう》だ。

貧民街全体ならば、どれだけの獣人がいることやら。

そんななか、
突然《とつぜん》、左腕《ひだりうで》のない男性が声をかけてきた。

「まさか……バレリアか？」

歳は三〇手前ぐらい。

背は二メートルを超えているが、ろくに食べ物がないからだろう。酷く痩せていた。

「その声は……ググイ？　どうしたんだいその姿はっ？」

バレリアさんが片腕の男性――ググイ氏に駆《か》け寄り、フラつく体を支える。

「ははっ。本当にバレリアだ。また会えるなんて思ってもなかったぜ」

「いいから座りな。腹は……減ってるに決まってるよね。食えるかい？」

近くにあった木箱にググイ氏を座らせると、バレリアさんは背負い袋《ぶくろ》を下ろしリンゴを取り出す。

「ほら、食い物だよ。この果物はそこのシロウが用意してくれたんだ。さあ、お食べよ」

「俺は……食わなくていい。それより若い連中に食わせてやってくれ」

ググイ氏が背後を振り返る。

そこには──

「「「……」」」

数人の子供たちが指を咥《くわ》えてこちらを──バレリアさんが取り出したリンゴを見つめていた。

「……ググイ、ここには子供までいるのかい？」

「他の里から口減らしで出されたんだろう。可哀想《かわいそう》な子たちでなぁ。主人に酷いことをされてここまで逃《に》げてきたんだ」

「っ……」

バレリアさんが言葉に詰まる。

子供たちの年齢《ねんれい》は五歳から一〇歳ぐらい。

まだ小さいのに、こんな生活を送らないといけないなんて……。

「心ある只人族がたまに食い物を持ってきてくれるが、腹一杯《はらいっぱい》とまではいかなくてな。だから……」

だから、食い物は子供たちにあげてやってくれ、ググイ氏はそう続けた。

「っ……。大丈夫《だいじょうぶ》。大丈夫だよググイ。食い物はたくさんあるんだ。さあ、お前たちもおいで。美味《うま》い果物をあげるよ」

子供たちの顔がぱっと輝き、バレリアさんからリンゴを受け取っていく。

やがて列ができはじめ、多くの獣人が並びはじめた。

獣人の数が多かったので、リンゴはすぐになくなってしまった。

けれども空間収納《くうかんしゅうのう》から追加の食料を取り出し、バレリアさんと一緒《いっしょ》に獣人たちへと渡していく。

一通り食料が行き渡ったところで、

「それでググイ、あんたほどの戦士がどうしたってそんな姿になっちまったんだい？」

バレリアさんが、ググイ氏に質問する。

問われたググイ氏は熊獣人の元戦士で、バレリアさんと戦士長の座を争ったほどの猛者《もさ》なのだそうだ。

そんなかつてのライバルの姿に、バレリアさんは衝撃《しょうげき》を受けていた。

「闘技場《とうぎじょう》で左腕を失った。主人には『まだ戦える』と言ったんだけどな。いらなくなったんだろう。主人の私設兵団から追い出されてしまってな。他の仕事を探したんだが雇《やと》ってもらえなくてよ。かといって街の外に出ることも許されていないからなぁ」

「それで……ここに？」

「ああ。ここしか居場所がなかったんだ。ドゥラの森はすぐそこなのに、すぐそこに故郷があるのに、いまの俺には――俺たちには果てしなく遠い場所なんだよ」

ググイ氏の話をざっくりまとめると、こんな感じだった。

オービルへ出稼《でかせ》ぎにきた獣人たちは、全員が雇用主《主人》から雇用契約《こようけいやく》を結ばされる。

その内容は酷いのひと言に尽《つ》きるが、どの雇用主でも共通している契約書の文言がいくつかあったとか。

その一つが、

――契約《けいやく》期間を終えない限り街の外へ出ることを禁ずる。

途中解雇《とちゅうかいこ》になった者でさえ、この契約に縛《しば》られ外へ出ることを認められなかった。

これを破ろうとした者は投獄《とうごく》され、罰《ばつ》として故郷の里への税が上がる、そう脅《おど》されたとググイ氏は続けた。

「だから俺は、あと一年はこのくそったれな街に留《とど》まらないといけない。それまで……生きていられればいいんだけどなぁ」

街の外へ出ることを禁じているのは、他の獣人に知られることを恐《おそ》れたからだろう。

「それにしても……バレリアよ」

「ん、なんだい？」

ググイ氏が、バレリアさんを見つめる。

「お前さん、よくこの街に入れたな。最近じゃドゥラの森の獣人は、只人族の紹介《しょうかい》があっても入れないって話だぜ？　それこそ出稼ぎにでも来ない限りはな」

「そうだね。ウチも同胞を捜しに何度も街に入ろうとしたさ。でもその度《たび》に門前払《もんぜんばら》いされてね。でも――」

バレリアさんが俺の肩に手を置く。

「このシロウがウチを街に入れてくれたんだ。シロウがお隣《となり》の国の王宮に出入りしてる御《ご》用《よう》商人だってんで、門番のヤツもウチに何も言えなかったよ。あの時の門番の悔しそうな顔、ググイにも見せたかったね」

「そりゃ傑作《けっさく》だ。俺も見たかったなぁ」

「そうだろ？」

ググイ氏とバレリアさんが笑い合う。

でもバレリアさんがどこか悲しげなのは、数年ぶりに再会したググイ氏の左腕が失われていたからだろう。

それから二人は、互《たが》いに現在の状況を話し合った。

ググイ氏からはオービルに出稼ぎに行った、あるいは闘士となった獣人たちの境遇《きょうぐう》を。

バレリアさんはドゥラの森で起こっていることを。

特に、里に物資が届いていないと知ったググイ氏は、

「そうか。もしかしたらそうなんじゃないかって思ってはいたが、本当に届けられていなかったんだな……」

獣人の戦士たちは、雇用主が里へ支援《しえん》することを条件に闘士となった。

なのに、その契約が果たされていなかったのだ。

「あの野郎《やろう》、ぶっ殺してやる」

ググイ氏の目に、怒りの炎《ほのお》が灯《とも》る。

「ああ、その時はウチも一緒にぶっ殺してやるさ。でもその前に同胞を……いや、ドゥラの森の仲間たちを助けなくちゃならないのさ」

「助ける、だって？　獣人全てをか？　いったいどうやって」

「それはね――――……」

バレリアさんが、ググイ氏に計画を伝える。

大闘技会で優勝し俺がオービルでの商売の許可を得れば、獣人たちを正規の賃金で雇用《こよう》すると。

「そこの商人は信用できるのか？」

「できるよ。なんせウチの弟が信用してるぐらいなんだからね」

「そうか。……お前がそう言うならわかった」

言葉とは裏腹に、ググイ氏はまだ俺を疑っている様子。

ならば――

「ママゴンさん」

「はい」

それまで後方に控《ひか》えていたママゴンさんが、一歩前へ。

手を繋いでいるため、すあまも二歩前へ。

「ググイさんの傷を治してください」

「承知しました。ですが主様、いっそこの場にいる全ての獣人の傷を癒《い》やしてみては如何《いかが》でしょう？」

「それは願ったり叶《かな》ったりですが……できるんですか？」

「容易《たやす》いことです。……癒やしの光よ」

ママゴンさんの回復魔法《まほう》が発動。

路地全体をドーム状の淡《あわ》い光が包み込む。

最初の奇跡《きせき》は一番近くにいたググイ氏に起きた。

「う、腕《うで》が⁉　腕が生えてきただとっ？」

ググイ氏の失われた左腕がにょきにょきと。

それだけではない。

「目が……見える？」

「脚ガ！　俺ノ脚ガ元ニ戻ッタゾ！」

「腐り始めていた体が……こんなにもきれいに……」

路地のあちこちで、ママゴンさんによる奇跡が起きていた。

これにはバレリアさんもびっくり。

目を丸くして驚《おどろ》いていた。

「シロウ、あのママゴンってのは凄《すご》いんだね」

「あははっ。そりゃ正体は最上位ドラゴンですからねー」

「ふーん。ドラゴンなのか…………えぇっ⁉　さすがに冗談だよね？」

「あははは。ご想像にお任せします」

「っ……。シロウがそう言うのなら、納得《なっとく》するしかないんだろうね」

バレリアさんが呆《あき》れたように笑《え》みを浮かべる。

そして――

「「「……」」」

獣人たちが俺《おれ》を見つめていた。

いま起こった奇跡が信じられないという面持《おもも》ちで、俺の言葉を待っていた。

やがて、獣人たちを代表してググイ氏が。

「よぉ大将。確かシロウといったか？」

「ええ、商人の尼田士郎《あまたしろう》です。どうぞよろしく」

握手《あくしゅ》を求める。

ググイ氏は俺の手を強く握《にぎ》り、

「ルグゥの里の戦士ググイだ。大将、この場にいる皆《みな》を代表して感謝するぜ」

と言うのだった。

第一一話　黒幕は？

ググイ氏たち貧民街の獣人たちは、いま暫《しばら》く貧民街に留まることを選んだ。

体が元通りになったことが以前の雇用主にバレて、面倒《めんどう》が起こることを避《さ》けたかったからだ。

確かに傷を理由に解雇《かいこ》した闘士が完全回復したとわかれば、また戦わせようと考える雇用主が出てくる可能性は高い。

でも、いまは契約が履行《りこう》されていなかったことを元闘士の獣人たちは知っている。

その場合、待っているのは殺し合いだ。

だから大闘技会《とうぎ》が終わるまでは辛抱《しんぼう》してほしいと伝えた。

傷を治した対価として、もう少しだけ我慢《がまん》してほしいと。

ググイ氏をはじめ、獣人たちはこれを了承《りょうしょう》してくれたのだった。


去りぎわ、ググイ氏がバレリアさんを呼び止める。

「バレリア、本当なら俺も大闘技会に出てやりたいが、俺はここの仲間を取りまとめないといけない」

ググイ氏は、貧民街にいる獣人たちの親分ポジションであるようだ。

傷が治り、元雇用主に復讐《ふくしゅう》しようとする獣人が出ないよう目を配ってくれる、とのことだった。

「だから、代わりにこれを持っていきな」

ググイ氏が、地面に置かれていたボロ布に包まれた何かを手に取る。

ボロ布を取ると、出てきたのは巨大《きょだい》な戦鎚《バトルハンマー》だった。

「これは『山砕《やまくだ》き』？　これをウチに？」

「ああ。俺の親父《おやじ》から受け継《つ》いだものだが、本来はルグゥの戦士長が持つべき戦鎚だ。だから、お前に受け取って欲《ほ》しい」

「っ……」

「ほら、受け取れよ戦士長」

「……はぁ。わかったよ。返せって言ってももう返さないからね？」

「返して欲しくなったら、お前を倒《たお》して俺が戦士長になるよ」

「そうかい。ならその時を楽しみにしてるよ」

バレリアさんが戦鎚山砕きを受け取る。

大きな戦鎚だった。

柄《え》だけでバレリアさんの身長ぐらいあり、頭の部分に至っては高さと奥行《おくゆ》きが五〇センチほど。横幅《よこはば》も一メートルはありそうだ。

一振《ひとふ》りで人をぺちゃんこにできるぐらい、本当に大きな戦鎚だった。

ググイ氏の粋《いき》な計らいにより、バレリアさんは凶悪《きょうあく》な武器を手に入れた。

もはや大闘技会の優勝は通過点でしかない。

貧民街で苦しむ獣人たちの傷も治すこともできたところで、俺たちは意気揚々《いきようよう》と屋敷《やしき》に戻《もど》るのだった。

◇◆◇◆◇

屋敷に戻るとちょうどお茶会が終わったのか、シェスたちも帰ってきたところだった。

シェスが俺に気づくと、首だけを動かし、

「アマタ……獣人たちはどうだったの？」

と訊いてきた。

シェスのことだから、ずっと獣人のことが気がかりだったのだろう。

「こっちはバッチリ。ママゴンさんが全員の傷を治してくれたよ。シェスはお茶会どうだった？」

「……おもいださせないで」

「ごめん。そんな顔するぐらいしんどかったんだね」

疲労困憊《ひろうこんぱい》なシェスを見るに、どうやらお茶会もなんとか無事に終えることができたようだ。

「シロウお兄ちゃん、」

「なんだいアイナちゃん？」

「オービルの王さまね、シェスちゃんに夕ご飯もいっしょに食べよう、ってさそってたんだよ」

「わーお。よく断れたね」

「あの宰相《さいしょう》のおじちゃんがやってきてね、王さまをつれていっちゃったの」

「へぇえ」

予定時間を大幅《おおはば》に過ぎていたものだから、宰相自らオービル四世を迎《むか》えにきたそうだ。

それまでずっとオービル四世はシェスにアプローチをかけ続けていたらしく、シェスたちとしては宰相に救われた形になるわけだ。

しっかし、オービル四世ったらマジでシェスに恋《こい》しちゃってるよね。

なんなら初恋《はつこい》なのかもしれないな。

◇◆◇◆◇

みんなでダイニングルームに移動し、屋敷付きのメイドさんが夕食をテーブルに並べる。

夕食の準備が整ったところでメイドさんたちには退出してもらい、みんなで席についていただきます。

夕食を取りながら本日の情報共有を。

通行人の御婦人と、ググイ氏から聞いたことを話す。

闘士の報酬《ほうしゅう》が支払《しはら》われていない、と聞いたときは全員が憤《いきどお》っていたけれど、

「それでね、そのお姉さんの話じゃこの街には獣人を助けたいと思っている人もたくさんいるんだって」

御婦人から聞いたことを伝えると、みんなも少しだけ救われた顔をしていた。

俺の話が終わり、お次はアイナちゃん。

「アイナ、あの王さまはわるいひとじゃないとおもうな」

お茶会のとき、アイナちゃんの目には王様の役割を演じているだけの子供に映ったそうだ。

「僕《ぼく》もアイナ嬢《じょう》と同意見だ。オービル四世は獣人を虐げているようには見えなかったよ」

「わたっ、私もデュアン殿《どの》と同じだ。私はあの太った王よりも人相の悪い宰相にこそ悪意を感じたぞ」

「え？　オービル四世もめつきがこわかったわよ？」

「それはあの王さまがシェスちゃんのことスキだからだよ」

「えぇーっ⁉」

オービル四世の一目惚れが、アイナちゃんにもバレバレだったのは置いておくとして、

「ここだけの話、俺も宰相がくせ者だと感じてました」

「シロウ君もか」

「はい。俺、欲に塗《まみ》れた人はすぐにわかるんです」

俺が日本から持ってきた商品を見せたとき、オービル四世には好奇心《こうきしん》が。

宰相マガト氏には強欲《ごうよく》が。

それぞれの瞳《ひとみ》に宿っていた。

「俺の勘《かん》では、オービルの実権を握っているのは宰相だと思うんですよね」

「オービル四世はまだお若い。その可能性は十分にあるね。実は僕もあの場でシロウ君と同じ事を考えていたんだ」

デュアンさんの言う『あの場』とは、オービル四世と謁見《えっけん》した応接室でのことだ。

あのとき、宰相はオービル四世に対し「さすがに不敬じゃね？」というようなことを連発していた。

日本育ちの俺がそう感じたぐらいだ。

騎士であるデュアンさんは、もっと感じていたことだろう。

「オービル四世は五歳《さい》で即位《そくい》した。ならば幼い王に代わり、実務を宰相が取り仕切るのはおかしなことではないからね」

「ですよねー。オービル四世、宰相の言葉に相づちを打つだけでしたもん」

マガト氏は宰相。けれどもオービル四世はまだ一〇歳の子供だ。

となれば、マガト氏が摂政《せっしょう》ポジションを兼《か》ねていたとしてもおかしくはない。

世間知らずなオー子《こ》ビル四世供《ども》を傀儡《かいらい》として、意のままに操《あやつ》る。

うん、ありそうじゃんね。

「それじゃあ、あたしたちのテキはあのサイショーだっていうの？」

「姫《ひめ》さま、『敵』などと滅多《めった》なことを仰《おっしゃ》ってはなりません」

「なによ？　テキはテキじゃない。獣人をいじめるあたしたちのテキだわ」

早くもシェスは宰相を敵認定《にんてい》したみたいだ。

「こらこらシェス。まだ宰相が悪いって決まったわけじゃないからね」

「そうですよシェスフェリア殿下《でんか》。この件は僕が調べてみますので、しばしお待ちくださ
い」

「わかったわ。まかせたわよデュアン」

「お任せを」

宰相への裏取りはデュアンさんが受け持ってくれるとのこと。

お次は、目前に迫《せま》る大闘技会についてだ。

「こっちはバレリアさんとセレスさんとママゴンさんが出場するので、優勝はもらったよ
うなものです。だから優勝したらすぐに店をオープンできるように、明日は物件を探そう
と思います」

ありがたいことに、貧民街にいた獣人たちの何人かが店員に立候補してくれた。

人員の確保は出来ているから、あとは物件を探すだけだ。

オービルでの商売が軌道《きどう》に乗ったら、キルファさんを迎えに行き、ドゥラの森にいるオ

ーガを倒して――――と、そこまで考え、ふと思い出す。

そういえばバレリアさんからオーガが身につけていた装飾品《そうしょくひん》を預かっていたな、と。

「ママゴンさん、」

「はい。なんでしょう主様？」

椅子《いす》から立った俺は、すでに夕食を平らげていたママゴンさんの側へ行き、空間収納《くうかんしゅうのう》から取り出したオーガの装飾品を渡《わた》す。

「この輪《リ》っか《ング》ですけれど、なんかの魔道具《マジックアイテム》みたいなんですよね。どんな魔法が付与《ふよ》されているのか、ママゴンさんならわかりますかね？」

「お預かりいたします」

リングを受け取ったママゴンさん。

しげしげとリングを見つめたあと、不快をあらわにして。

「この装飾品には、支配の魔法が付与されていますね」

「支配って……っ!?　まさか」

俺がした最悪の予想を肯定《こうてい》するかのように、ママゴンさんが頷く。

「大きさからしてこの装飾品は、人ではなく魔物のもののようですね。『支配の首輪』あるいは『支配の腕輪《うでわ》』でしょうか？　どちらにせよ、このリングをつけたモノを意のままに操る魔道具に違いないかと」

「「「……」」」

ママゴンさんの言葉に全員が黙《だま》り込《こ》んだ。

なぜならば、ママゴンさんの見立てが正しければ――

「支配の魔法だって⁉　それじゃあ、あのくそったれなオーガ共は誰《だれ》かに操られているっていうのかいっ？」

憤るバレリアさんに、俺はかける言葉を見つけることができなかった。

幕間《まくあい》

シロウに別れを告げたあの日から、キルファの世界は灰色に包まれた。
部屋に籠《こ》もったキルファは、何をするでもなく虚空《こくう》を見つめていた。
「シロウ……」
無意識に名を呼んでいた。
忘れよう。
忘れようとがんばっているのに、脳裏《のうり》に浮《う》かぶのはいつも決まって同じ顔だった。
「……ボク、嫌《きら》われちゃったよね？」
騙《だま》してヅダの里に連れてきた。
お婿《むこ》さんのフリをして欲しいと、シロウを都合のいいように利用した。
そして一方的に別れを告げたのだ。
なのにまだ友達だなどと、言ってくれるわけがない。
諦《あきら》めと後悔《こうかい》。

無くしてしまった未来と――そして仲間。

「ふにゃ……」

楽しかった日々を思い出すと胸が張り裂《さ》けそうだ。

キルファは哀《かな》しみに浸《つ》かっていた。

そこに、

「邪魔《じゃま》するぜ」

ノックもせずにサジリが部屋に入ってきた。

サジリに限らず、この里にノックなどという文化はないのだけれど。

「よお、キルファ」

サジリが話しかけてくる。

キルファはぷいと顔を逸《そ》らした。

「ハッ。ずいぶんと嫌われたもんだな。だが許してやる。俺様は寛大《かんだい》だからなァ」

「寛大？　どの口が言うにゃ。そもそもサジリがそんな言葉を知ってたにゃんて驚きだにゃ」

思い切り皮肉ってやった。

けれども――

「おおよ。俺様は寛大だぜェ。なんせ許嫁《いいなずけ》の腹ん中に只人族《ヒューム》との間にできたガキがいても許してやるんだからよォ」

「っ……」

キルファが身構える。

お腹《なか》に子供がいるなんて、咄嗟《とっさ》についた嘘《うそ》でしかない。

けれどもヅダの里長《さとおさ》は信じた。

そして里長から聞いたのだろう。

サジリもまた信じていた。

「ったくよォ。お前の腹にクソ只人族のガキがいるなんて知ってたら、あの野郎をぶっ殺してやったのによ。運のいい奴《やつ》だぜェ」

「……」

キリファは何も言わない。

もしお腹の子の話が嘘だと知られれば、サジリのことだ。

キリファの体を求め、獣《けもの》のように襲《おそ》いかかってくることは明らか。

だからキルファは口を噤《つぐ》み、そっぽを向いた。

「お前のババアに言われたよ。ガキに手を出すなってよ」

「……」

「お前が産むガキは、あのクソ只人族に渡すそうじゃねぇか。本来なら、ガキ諸共《もろとも》あのクソ只人族をぶっ殺してやるところだが――」

サジリが手を伸《の》ばしキルファの両頬《りょうほほ》を掴《つか》む。

そして無理矢理《むりやり》に自分へと顔を向けさせ、続ける。

「キルファ、お前が俺様に従順になると誓《ちか》うのであれば、あのクソ只人族も、ガキも生かしておいてやる。俺様は寛大だからなァ」

サジリは下衆《げす》な笑みを浮かべると、キルファの頬から手を放す。

「キルファ、よぉく考えておけよ？　よぉく、よぉくな。ぎゃはははははっ！」

耳障《みみざわ》りな笑い声を残し、サジリは部屋から出ていった。

「シロウ……」

それでもキルファの脳裏に浮かぶのは、同じ顔だった。

第一二話　大闘技会　その一

オーガが身につけていた『支配の首輪』の調査は、デュアンさんが引き受けてくれることになった。

デュアンさんは騎士《きし》という立場をフル活用し、オービルの表と裏の両面から探《さぐ》りを入れてくれるそうだ。

確かに、日本産の俺が下手に嗅《か》ぎ回ってやらかしてしまうより、騎士であるデュアンさんが慎重《しんちょう》に探ったほうがいい。

というわけで、俺は大闘技会に集中することとなった。

そして、ついに大闘技会当日となった。

ここ数日は本当に忙《いそが》しかった。めちゃんこ忙しかった。

まずは集団戦へのエントリー。

大会運営本部に行き、手続きを済ます。

出場するためには宰相からの紹介状《しょうかいじょう》の他に、まさか金貨一〇枚も必要だとは思わなかった。

『なら参加を取り下げますか？』

小馬鹿にするように言ってきたあの受付の顔は、絶対に忘れない。

ともあれ無事にエントリーを終え、お次は店舗《てんぽ》用の物件探し。

さすがに大通りに面した空き物件はなかった。

街の大商人に全て押《お》さえられていたからだ。

それでも、そこそこ人通りが多い通りの物件を購入《こうにゅう》することができたから良しとしようか。

契約も無事に終え、すべての準備が整ったのが大闘技会前日。

つまりは昨日のことだ。

そして今日、やっとこの日を迎えられたわけだ。

大闘技会の開催《かいさい》期間は五日。

初日は開会式と、オープニングマッチとして一対一の剣闘《けんとう》が数試合。

二日目、三日目と各種目が順々に行われ、俺がエントリーした集団戦がはじまるのは四日目。

最終日である五日目に各種目の決勝戦が行われ、優勝者にオービル四世が褒美《ほうび》を授与《じゅよ》し、閉会式で幕を閉じる、という流れらしい。

円形の闘技場を囲むように造られた観客席には、多くの人が詰《つ》めかけていた。

闘技大会自体は年に数回行われているそうだが、全種目を一度に行う『大闘技会』は数年に一度だけ。

ある意味、オリンピックのような注目度の高い大会なのだろう。

観客席は全て埋《う》まり、満員札止め状態。

それでも円形闘技場の外では入場を望む者たちが列を作っていた。

俺は集団戦に出場する闘士《とうし》の主人《オーナー》に当たるそうで、バルコニー席へと通された。

一般《いっぱん》の観客席よりも数段高い位置にあり、戦いの舞台《ぶたい》となる闘技場を一望できる。

内装は無駄《むだ》に煌《きら》びやかで、六人は並んで座《すわ》れそうなソファに、これまた豪華《ごうか》なテーブルが置かれている。

おまけに各席にはスタッフが一人配置されており、スタッフに頼《たの》めば、バルコニー席の利用者のみが入れるラウンジから、お酒や食べ物などを持ってきてもらえるそうだ。

このラウンジには直接行くことも可能で、他のオーナーと交友を持つこともできるんだとか。

なかなかに『おカネ持ち』って感じを全力で味わえる場所じゃんね。

集団戦には、オービルの大商人全員がエントリーしていると聞いた。

獣人に酷《ひど》いことをしていると思うと、自然と怒《いか》りが込み上げてくる。

初対面で打点の高いドロップキックをお見舞《みま》いしないように、気をつけないとだな。

王女であるシェスは貴賓席《きひんせき》から観戦するため、護衛騎士のルーザさんとデュアンさんもこれに同行した。

貴賓席には各国の王族が一堂に会するらしく、メイドのフリ、、がバレるといけないからと、アイナちゃんは俺と行動を共にすることに。

俺はアイナちゃんと二人で、

「あいにゃ。あれ、あれ」

「ん、どうしたのすあまちゃん？」

一緒《いっしょ》にすあまの面倒をみていた。

「あれ、あれ。あいにゃ、あれ」

すあまが闘技場《とうぎじょう》を指差す。

そこでは開会式がはじまり、オービルの歌姫《うたひめ》が美しい歌声を披露《ひろう》していた。

どうやらすあまは歌声が気に入ったようだ。

他にも舞踏《ぶとう》だったり楽団による演奏だったりと、それはそれは華《はな》やかな開会式だった。

これから血腥《ちなまぐさ》い戦いが行われるなんて、これっぽっちも想像できないほどに。

バレリアさんとセレスさんにママゴンさんの大闘技会出場チームは、三日後の集団戦まで屋敷で待機している。

ママゴンさんは俺のために優勝しようと意気込《いきご》んで。

セレスさんは強者と相まみえることを願って。

バレリアさんは同胞《どうほう》を救うという使命を背負って。

それぞれがそれぞれの想《おも》いを抱《いだ》き、戦いの日を待っていた。

◇◆◇◆◇

そして迎えた大闘技会四日目。

ついに集団戦がはじまった。

最初の試合は犬人族《けんじんぞく》と魔狼族《まろうぞく》の混成チーム対、妖狐族《ようこぞく》チームだった。

どちらも人数上限の一〇名でチームを組んでおり、手には剣や槍《やり》、弓やクロスボウなどが握られている。

『第一試合は、大商人ギガル氏の私設兵団【栄光《えいこう》の天秤《てんびん》】対、同じく大商人ワグネ氏の私設兵団【紫銀《しぎん》の竪琴《たてごと》】の戦いになります！』

拡声魔法により、進行役のアナウンスが闘技場中に響《ひび》き渡る。

向かい側のバルコニー席では、小太りの初老男性と激太りの中年男性が立ち上がり、観客に向かって手を振《ふ》っていた。

おそらくはアナウンスにあった両商人なのだろう。

これに観客たちは大歓声《だいかんせい》を上げて応える。

両チームが対峙《たいじ》しているだけで観客は盛り上がっていき、そして——

『第一試合、はじめ！』

獣人同士による戦いがはじまった。

「アイナちゃん、すあまの目を隠《かく》してあげて」

「う、うん」

アイナちゃんが頷《うなず》き、お膝《ひざ》に座らせていたすあまの目を両手で覆《おお》う。

俺はそんなアイナちゃんの背後に移動し、

「……シロウお兄ちゃん？」

「なんだい？」

「アイナも見ちゃダメなの？」

その目を手で覆い隠した。

「うん。見ちゃダメ。これは子供が――というか、俺でも観《み》ていて楽しいものではないかられ」

「……そっか」

必死に戦っている獣人たちは、主人になにを言われたのかはわからない。

剣闘士《けんとうし》から解放をチラつかされたのかもしれない。

故郷への支援《しえん》を増やすと言われたのかもしれない。

ただ、獣人たちは等しく全力で戦っていた。

血飛沫《ちしぶき》が舞《ま》い、傷を負った者が悲鳴が上げ、それでもなお戦い続ける。

ちらりと貴賓席を見る。

各国の王族が並ぶ中に、シェスの姿が小さく見えた。

いま俺が歯を食いしばって耐《た》えているように、シェスも耐えていることだろう。

『試合終了《しゅうりょう》！【栄光の天秤】全員の戦闘《せんとう》不能により、勝者はワグネ氏の【紫銀の竪琴】になります！』

観客から歓声《かんせい》と怒号《どごう》が同時に飛び交《か》う。

全ての試合は賭《か》けの対象になっており、賭けに勝った者は勝者を称《たた》え、賭けに負けた者は敗者を蔑《さげす》む。

すあまとアイナちゃんの耳も塞《ふさ》ぎたかったけれど、あいにくと物理的に手が足りなかった。

それと幸いなことに死者はでなかった。

◇◆◇◆◇

バレリアさんたちの出番は第五試合。

なので試合直前まで、ラウンジで時間を潰《つぶ》すことにした。

子供に見せていい試合は一つもなかったしね。

「俺は果実酒を。この子たちにはミルクか果実を絞《しぼ》った飲み物をお願いします」

「……いまご用意いたします」

ラウンジに併設《へいせつ》されているバーカウンターで飲み物を頼む。

はじめて見る顔だからか、はたまた場にそぐわない子連れだからか、バーテンダーの俺を見る目が冷たい。

ほどなくして飲み物を受け取り、ラウンジの隅《すみ》っこでちびちび飲んでいるときだった。

「おや、ひょっとして貴殿《きでん》がアマタ殿か？」

いかにも大商人です、って感じの顎鬚《あごひげ》を生やした中年男性が声をかけてきた。

面識は……たぶんないはず。

「そうですけれど……あなたは？」

「これは失礼した。私はザット。オービルで貴金属を扱《あつか》う商会を営んでいる者だ。そして
――」

ザットなる中年男性がにやりと笑い、続ける。

「アマタ殿と対戦する者共の主人《オーナー》だよ」

「っ……」

第五試合で対戦するチームのオーナーというわけか。

これは隙《すき》を見せないように気を引き締《し》めないとだな。

「しかし驚《おど》いた。まさかご息女を連れて観戦するとは。貴殿には預ける使用人がいないのか？」

「いえいえ、ぼくのわがままで連れ回しているだけですよ」

居丈高《いたけだか》な物言いのザット氏に、俺《おれ》はにこにこと笑顔《えがお》で返す。

「そうか。ま、人にはそれぞれ事情があるからな。深くは訊《き》かないでおこう」

「ご配慮《はいりょ》ありがとうございます」

「時にアマタ殿、貴殿の兵団は何名が出場するのだ？」

「ぼくの選手ですか？　三名ですが……それがどうかしましたか？」

瞬間《しゅんかん》、

「三人⁉　たったの三人だと？　……ぷふっ。ぶわーっはっは！」

ザット氏が吹《ふ》き出し大爆笑《だいばくしょう》。

ちょっとカチンとくるじゃんね。

「これは驚いた。たったの三人で出場させるなど、アマタ殿は最初から勝ちに行くつもりがないというわけか？　それとも歯向かった亜人《あじん》への罰《ばつ》か？」

「いえ、もちろん出場するからには優勝を狙《ねら》っていますよ」

「優勝？　これは大きく出たものだな。初出場で優勝を狙うとは。しかし三人……三人か」

ザット氏が顎鬚をしごきながら、なにやら考え込む。

「三人だと、なにか問題でもあるのでしょうか？」

「いやなに。いま行われている集団戦ではな、主人同士が互《たが》いのどれぃ——兵団や店舗、オービルでの独占販売権《どくせんはんばいけん》を対価《チップ》として賭けを行う慣例があるのだ」

いま絶対『奴隷《どれい》』って言おうとしただろ。

「賭け、ですか？」

「そうだ。見てみろ」

ザット氏が、ラウンジにいる商人たちを視線で指し示す。

まずは右側の商人二人。

「では俺の奴隷共が勝ったらお主の兵団とゲルグ地区の店舗を丸ごと貰《もら》おうか」

「それは欲張りすぎというものでは？」

「ならばマラサ地区にある店もつけてやろう。それでどうだ？」

「ふっふっふ。もう取り消せませんよ？」

「では賭けが成立したということでいいな」

左側では、

「俺様の兵団全てと大通りの店舗を賭けよう！」

「乗った！」

奥《おく》では、

「儂《わし》が勝てばお前の兵団の他に、飼っている賢猿人《ショウジョウ》の女どもをすべて寄越《よこ》せ」

「ならばあなたが独占《どくせん》している大麦の販売権《はんばいけん》を賭けてもらいましょうか」

ラウンジのあちこちで、オーナーたちが獣人や店舗、特定商品の販売権をチップに賭けを行っていた。

その光景に初見の俺はドン引きだ。

「理解したか？　私も慣例に則《のっと》り、アマタ殿に賭けを提案しに来たのだが……出場するのが三人ではなぁ」

「ぼくの出場者が三名では賭けにならない、という意味でしょうか？」

「そうだ。はじめから勝負が見えては賭けになりようがないからな。それに賭けの対象がたったの三人では、釣《つ》り合いが取れぬ。さて、どうしたものか」

再びザット氏が考え込む。

同時に俺も脳をフル回転させた。

この場にいる大商人――オーナーたちは、基本的に所有する兵団《獣人》と、それにプラスアルファして賭けをしている。

となれば、これは悪徳商人に騙され、酷使《こくし》されている獣人たちを解放するチャンスでもあるのではなかろうか？

俺のチームは強い。圧倒的《あっとうてき》に強い。

熊獣人の戦士長バレリアさん。

魔人《まじん》で、魔王《まおう》四天王（最近知った）の一人であるセレスさん。

伝説のドラゴンである不滅竜《ふめつりゅう》のママゴンさん。

逆にこの三人を倒《たお》せるメンバーを集めるほうが難しいだろう。

となれば、いまこの場で俺がやるべきことは――

「ザットさん。ちょっとこれを見てくれませんか？」

俺は背負っていたリュックから桐《きり》の箱を取り出す。

「なんだその箱は？」

「こちら、先日宰相閣下に献上《けんじょう》したものと同じ職人が作ったものなのですが……」

そう前置きし、桐の箱を開ける。

中には朱色《しゅいろ》の切子グラスが。

「お……おおっ！　なんと美しい杯《さかずき》だ……」

ザット氏の目が切子グラスに釘付《くぎづ》けとなる。

商人であるが故《ゆえ》に、物を見る目が確かなのだろう。

「如何《いかが》でしょう、ザットさん。この杯では賭けの対象になりませんかね？」

「この美しい硝子《ガラス》の杯を賭けるというのか？」

「はい。こちらの杯はまだ宰相閣下しかお持ちになっていません。なので希少性という意味では、大変に価値があるものなのです」

「そ、そうか」

ザット氏がごくりと喉《のど》を鳴らす。

そして――

「よ、よし。いいだろう。その杯で手を打とう。それで私は何を賭ければいいのだ？」

「でしたら、ザットさんが所有――おっと、雇用している獣人、そして亜人全てで如何でしょう？」

「全てだと？　ずいぶんと強気に出たものだな」

「それは当然です。なぜならこの杯は、世界広しといえどもこのぼくしか取り扱うことのできない商品なのですから」

「っ……」

ザット氏が三度《みたび》考え込む。

しかしその視線は切子グラスに釘付け。

ならばもうひと押《お》しといこうか。

「先程《さきほど》も申し上げたように、この杯は現在、ぼくを除けば宰相《さいしょう》閣下しか所有しておりません。ですのでこの杯をきっかけとして、宰相閣下と親しくなることもできるのではないでしょうか？　例えば、互いが所有するこの硝子の杯でお酒を楽しみましょう、というような口実にも使えるのでは？」

国の権力者と、よりお近づきになれるチャンスなのだ。

欲深い悪徳商人として勝負に乗らないわけにはいかない。

「いいだろう。もうすぐ収穫期だしな。私が所有している全ての獣人共を賭けてやる。その代わりに、アマタ殿はその杯を賭けるのだぞ？」

「承知しました」

こうして賭けは成立し、第五試合がはじまるのだった。

第一三話　大闘技会　その二

「せっかく知り合えたのだ。私の席で観るといい。ラウンジよりも美味《うま》い酒があるぞ」

そんなザット氏の言葉により、俺たちは一緒に観戦することになった。

表面上は友好的な顔をしているけれど、俺が賭けに負けたら切子グラスを渡さずに逃《に》げるのではないか？　と疑っているのかもしれない。

だって俺たちが座るソファの後方。

めっちゃ武装したガラの悪い護衛が、バルコニー席の入口を塞いでいるんだもん。

それも俺をじろりと睨《にら》みながら。

円形闘技場を正面にして、ソファの右側にザット氏が。

真ん中を空けて左側に俺たちが座る。

俺の左隣《ひだりどなり》はアイナちゃんで、お膝の上にはすあまを乗せていた。

『両兵団《チーム》、入場！』

進行役のアナウンスと共に、虎人族《ハイ・ケットシー》の一団が入場してくる。

「私は虎人族の戦士が好きでね。兵団も全て虎人族で揃《そろ》えているのだ」

コレクションを自慢《じまん》するかのような物言いで、ザット氏が語ってみせる。

入場してきた虎人族はお揃いの武器に、お揃いの鎧《よろい》で身を包んでいた。

その勇ましい姿に観客のボルテージも上がっていく。

続いて、心強い俺の仲間たちが入場ゲートから姿を現した。

先頭はバカでかい戦鎚《バトルハンマー》『山砕き《やまくだ》』を肩《かた》に担《かつ》いだバレリアさん。

続いて黒い翼《つばさ》を生やしたセレスさんと、純白の翼を生やしたママゴンさん。

有翼人のフリをした二人が現れた瞬間、観客席からどよめきが巻き起こった。

「ゆ、有翼人だぞっ!!」

「本物か？　本物の有翼人なのかっ!?」

「まさか有翼人を見ることができるなんて……」

「見て。あの白い有翼人、まるで天使さまみたい」

どよめきは徐々《じょじょ》に歓声へと変わっていき、

「「うおおぉぉぉ～～～～～っっっ!!!」」

今日一番――いや、今大会一番の大歓声が沸《わ》き起こった。

そういえば、以前ネスカさんが教えてくれたっけ。

妖精族《フェアリー》ほどではないにしても、有翼人も珍《めずら》しい種族だと。

観客の反応を見るに、有翼人ってホントにレア種族なんだな。

セレスさんもママゴンさんも、擬《ぎ》態《たい》しているだけなのだけれどね。

「な、な、有翼人……だと？」

観客同様、お隣《となり》のザット氏もびっくりしていた。

「アマッ、アマタ殿《どの》！　貴殿の兵団には有翼人がいるのかっ？」

興奮したザット氏が訊いてくる。

「ええ。それがどうしました？」

「くっ。こんなことなら杯などではなく、アマタ殿の兵団を賭けてもらえば良かったか」

ザット氏は悔《くや》しそうにブツブツと。

どうやら翼の生えたセレスさんとママゴンさんを見て、所有欲が大いに刺《し》激《げき》されたようだ。

他のバルコニー席を見れば、他の大商人たちもセレスさんとママゴンさんを指さしながら興奮している様子。

『東！　商人ザット氏の私設兵団【獰猛《どうもう》なる虎団《とらだん》】！　西！　商人、えー……アマタ？　商人アマタ氏の【アマタ護衛団】！』

進行役がアナウンスするも、観客もバルコニー席の要人もまるで聞いていない。
予期せぬ有翼人の登場に大興奮しているからか、耳に入らないのだろう。
それでも、
『第五試合、はじめ！』
試合がはじまった。
ザット氏の兵団が、バレリアさんたち三人を囲むように扇状《おうぎじょう》に広がる。
人数差を活《い》かして包囲しようと考えているのだろう。
けれども——
「どっせいっ!!」
踏《ふ》み込み、一気に加速したバレリアさんが戦鎚を振るう。
その一振《ひとふ》りで虎人族の戦士が吹っ飛ばされ場外へ。
「もう一丁いくよっ！　そおらぁっ!!」
二振り目でもう一人も場外へ。
ルールでは場外になっても負け扱いなので、これで三対八。
「な、何をしている虎人共！　相手はたったの三人だぞ！」
初手から人数を削《けず》られ、ザット氏が焦《あせ》りはじめる。

バレリアさんの強さを見誤ったのだ。

だが、焦ったのは俺も同じ。

圧倒的な力を見せつけ過ぎてしまうと、今後も賭けを続ける場合、賭けの対価を吊《つ》り上げるのが難しくなる。

なのでさり気なくバルコニー席の端《はし》っこに移動し、トランシーバーを取り出してこしょこしょと。

「こちらシロウ。こちらシロウ。ママゴンさん聞こえますか？」

返事はすぐにあった。

『……ママゴンです。どうしました主様？』

「いえ、ちょっと事情が変わりまして。バレリアさんが張り切りすぎているところ申し訳ないのですが、もうちょっと拮抗《きっこう》した戦いを演じてもらえますか？　事情は後で話しますが、ギリギリ勝てたぜ、みたいな」

『それを主様がお望みならば』

「お願いします！」

こちらの言葉が届くように、ママゴンさんたちにはトランシーバーを預けてある。

預けたトランシーバーにはイヤホンマイクを繋《つな》げており、イヤホンは髪《かみ》で隠れるため、試合中でも怪《あや》しまれずに会話することができるのだ。

ママゴンさんがバレリアさんに近づき、耳元で何事か囁《ささや》く。

バレリアさんは戸惑《とまど》ったような顔をしたけれど、一度頷《うなず》くと、再び虎人族の戦士たちに向き直った。

そこからは接戦という名の茶番劇だった。

向かってくる虎人族の戦士を、バレリアさんとママゴンさんが必死（なフリ）で場外へと落としていく。

最後の一人となった虎人族をセレスさんが掴む。

そのまま空へと飛び上がり場外へ放り投げる（この演出が観客に大ウケだった）。

試合開始から、きっかり一〇分後。

『勝者、アマタ護衛団!!』

「「「わあああぁぁぁ～～～～っっ!!!」」」

バレリアさんたち三人の勝利が告げられ、闘技場は大歓声に包まれた。

◇◆◇◆◇

観戦を終え、ラウンジに移動した俺とザット氏。

「アマタ殿、この書類が私の所有する全亜人の契約書《けいやくしょ》だ」

「確かに受け取りました」

ザット氏から書類の束を受け取る。

この書類は、ザット氏が雇用している獣人たちの雇用契約書《こようけいやくしょ》で、雇用主《こようぬし》の変更《へんこう》はすでに済んでいるとのことだった。

その人数、全部で三七人。その全てが虎人族だった。

契約《けいやく》の変更手続きもこのラウンジで済ますことができるのだから、驚くしかない。

悪習が闘技場に、そしてオービルに根付いている証といえるだろう。

「今回は負けたが、次の大会でも是非《ぜひ》アマタ殿と当たりたいものだ」

有翼人がどうしても欲《ほ》しかったのか、悔しそうにザット氏が去っていく。

ザット氏と入れ替《か》わるようにしてやってきたのが、

「いやあ、見事な試合でしたなぁ。儂は商人のジーン。次の試合でアマタ殿の兵団と戦う者たちの主人です。どうぞ一つお手柔《てやわ》らかに」

次の対戦チームのオーナーだった。

社交辞令的な挨拶《あいさつ》を交わし、話題は賭けの対象へ。

各オーナー、そして会場の反応から予想はしていたけれど、ジーン氏は俺の兵団――特にセレスさんとママゴンさん――を要求してきた。

当たり前のように兵団を賭けようと言ってくる。

この悪徳商人たちめ。

だが相手に警戒《けいかい》させせないためにも、対戦相手の亜人たちを解放するためにも、俺自身もまた悪徳商人を演じなくてはならないのだ。

俺は良心や人道的価値観、その他諸々《もろもろ》に蓋《ふた》をし、一回戦と同じくジーン氏が雇用している全亜人を要求。

渋《しぶ》るかもとも思われたが、よほど有翼人を手に入れたかったのだろう。

あっさりと賭けは成立し、ほどなくして試合が行われた。


「こちら士郎《しろう》。こちら士郎。セレスさん、もうちょっとやられたフリをしてもらえますか？」

『チッ。不本意だが演じてやる』

「ありがとうございます」

二回戦も辛勝《しんしょう》。

この試合を見ていたオーナーたちは、「自分の兵団なら勝てる！」と思ったことだろう。

三回戦前にも、対戦相手のオーナーから賭けを提案された。

ここまでくると俺も悪徳商人ムーブにだいぶ慣れてきた。

「へぇえ。ぼくと賭けですか？　お宅が抱《かか》えている全亜人を賭けるというならいいですよ」

ティアドロップ型のサングラスをかけ、手には切子グラスに注いだウィスキーをロックで。

賭けは成立し、またまた辛勝。


お次は四回戦。

「言っておきますけれど、ぼくの兵団はそんじょそこらの兵団とはワケが違《ちが》うんですよ。ワケが。それでも賭けをしたいとおっしゃるなら、そちらも相応のモノを賭けてくれないと困るんですよねぇ」

当然勝利。

全亜人の他に、なんか大通りに面した大型店舗までゲットしてしまった。

けっこーな金額で物件買ったばかりなのにな。

本日ラストの試合、準決勝戦。

出場チームの数と試合のペースがおかしいのは、ひとえに回復魔法《まほう》や回復アイテムのおかげだろう。

「ん、ぼくが持ってるコレですか？　コレはぼくが扱う商品で『葉巻』と言いましてね。要は煙草《たばこ》ですよ、煙草。……え、気になる？　へえぇ。あなたも煙草がお好きなんですか。しょうがないですねぇ。お近づきの印に一本あげますよ。先端《せんたん》を切り落として……火を点けてっと。…………どうです、最高でしょう？　……はい？　この葉巻も賭けて欲しい？　オービルで独占販売《どくせんはんばい》したい、と。別に構いませんけれど……わかってますよね？　そちらも同等以上のモノを賭けてくださいよ？」

俺自身は煙草を一度も吸ったことがないのだけれど、悪徳商人を演出するために持っていた葉巻がきっかけとなった。

相手の全亜人はもちろん、なんかオービルでの小麦の独占販売権までゲットしてしまったぞ。

こうして、本日の大闘技会は連戦連勝で幕を閉じた。

残すのは明日の決勝戦のみだった。

第一四話　大闘技会　その三

翌日。

大闘技会最終日で、各種目決勝戦が行われる日だ。

昨日の試合で、俺は多くの亜人――そのほとんどが獣人《じゅうじん》――の主人となることができた。

その人数、なんと二五七人。

少子化が叫《さけ》ばれる昨今においては、ちょっとした小学校の全校生徒数に匹敵《ひってき》する人数ではなかろうか。

彼《かれ》、彼女《かのじょ》らは大闘技会終了後に俺へと引き渡《わた》される手筈《てはず》になっている。

こちらは状況《じょうきょう》が落ち着き次第《しだい》、順次解放していくつもりだ。

「バレリアさん、セレスさん、そしてママゴンさん。あと一試合です。あと一試合で優勝です！　頑張《がんば》ってください！」

闘技場の地下。選手の控《ひか》え室《しつ》で三人を激励《げきれい》する。

決勝戦当日だからだろう。

控え室には俺たちの他には、数名の選手しかいなかった。

「お姉ちゃんたち、がんばってね！」

「まぅま、がんばえーっ」

俺に続き、アイナちゃんとすあまも三人を激励する。

まあ、すあまはママゴンさん限定だったけれどもね。

バレリアさんは、

「ウチに任せておきな」

頼《たの》もしげに胸を叩《たた》き、セレスさんは、

「この私を昂《たか》ぶらせる強者もいないのに、負けるわけがないだろう」

心底つまらなそうに。

そしてママゴンさんは、

「必ずや主様に勝利を捧《ささ》げましょう」

ただただ忠誠心マックスで。

三者三様に勝利を誓《ちか》うのだった。

◇◆◇◆◇

激励を終え、俺たちはバルコニー席へ移動。

試合を観戦しようにも本日は全種目の決勝戦。

どの試合も流血が伴《ともな》う可能性が高い。

とてもじゃないけれど、アイナちゃんやすあまには見せられないのだ。

そこで俺はテーブルにタブレットを置き、事前にダウンロードしておいた子供向けのアニメを再生する。

アイナちゃんもすあまも、日本語がわからなくても食い入るように見ていた。

これでキッズたちはＯＫ。

俺はお酒を頼みにラウンジへ。

すると、

「アマタ殿、ここにいたか」

一回戦で当たったザット氏が声をかけてきた。

「これはこれはザットさんじゃないですか。どうされました？」

悪徳商人ムーブをスタート。

軽薄《けいはく》な笑《え》みを浮《う》かべ、悪《ワル》っぽく見えるように振る舞う。

「アマタ殿に少し話があってな。しばし時間をもらえないか？」

「試合までは、まだ時間があるので構いませんよ」

「助かる。ではそちらで話そうか」

ザット氏と一緒《いっしょ》にラウンジの隅っこに移動する。

なんでこんな隅っこ？

「アマタ殿、ここまでの快進撃《かいしんげき》、本当に見事なものだ。だが……次の決勝戦は失っても惜《お》しくない獣人を出場させた方がいいぞ」

「それはどういう意味でしょうか？」

「貴殿は決勝戦のお相手がどなたかご存じか？」

「もちろんです。次のお相手は――」

俺は昨日の記憶《きおく》を掘《ほ》り返す。

なにもお酒片手に葉巻を咥《くわ》え、悪徳商人ムーブだけに精を出していたわけではない。

ちゃんと他の試合もチェックしていたのだ。

ノックアウトラウンドを、俺とは反対側の山を勝ち抜《ぬ》いてきたのは――

「宰相閣下、ですよね？」

俺の言葉にザット氏が頷く。

「その通り。宰相閣下だ」

集団戦にエントリーできるのは、金貨一〇枚をポンと出せる大商人だけではない。

俺に「集団戦で優勝すればいい」と言った、宰相自身もまたエントリーしていたのだ。

「アマタ殿はオービルの大闘技会は初めてだったな。だから一度対戦した誼《よし》みとして教えるが、」

そこで一度区切ると、ザット氏が周囲をきょろきょろ。

声のトーンを下げ、俺だけに聞こえるように。

「宰相殿《さいしょうどの》の私設《しせつ》兵団と決勝戦で相対した兵団は、その全員が命を落としているのだ」

「なんですって？」

闘技大会の人気種目、集団戦。

ザット氏の説明によると宰相の私設兵団は、大小問わず近年行われた闘技大会その全てに勝利しているという。

しかも決勝では力を見せつけるために、降参を聞き入れず命を奪《うば》うのだと。

宰相の私設兵団は圧倒的に強く、過去優勝候補に挙がった兵団ですら完膚《かんぷ》なきまでに叩きのめされたそうだ。

それほどまでに強いのだ、とザット氏は続けた。

「アマタ殿の兵団は確かに強い。強いが……どの試合も接戦だった。とてもではないが宰相閣下の兵団には勝てぬだろうな」

ザット氏が断言する。

「滅多《めった》に目にできぬ有翼人。それが二人もいるのだ。価値ある有翼人が闘技場《とうぎじょう》などで命を落とすのを見たくはない。だからな、アマタ殿」

ザット氏が両手で俺の肩を掴《つか》み、真剣《しんけん》な顔で続ける。

「決勝戦の舞台《ぶたい》には違う者を立たせるのだ。そうだ！　私から勝ち取った虎人族共を出せばいい。それにもう少しで収穫期だ。虎人をはじめ、獣人などいくらでも手に入るぞ！」

「……収穫期？」

聞き慣れぬ言葉に首を傾《かし》げる。

「ん、知らんのか？　ああ、アマタ殿はオービルの商人ではなかったな」

「ええ。俺はお隣のギルアム王国の商人ですので」

「では教えてやろう。もうじき冬が来るだろう？　冬になれば、近くの森に住む獣人共が食うに困り、『どうか貴方様《あなたさま》の下《もと》で働かせてください』と、我々オービルの商人に頭《こうべ》を垂れに来るのだよ」

「……」

「我々オービルの商人は、冬が近づき獣人共が大挙して仕事を求めに来ることを『収穫期』と呼んでいるのだ」

ドゥラの森に住む獣人たちは、誰《だれ》もが食べ物に困っていた。

冬が来れば森の実りはなくなるし、主食としていた獣たちもすでにいない。

食べるためには、オービルへ出稼《でかせ》ぎに行くしかなかったのだ。

「アマタ殿はどの試合でも獣人共ばかりを賭《か》けの対価に要求していたが……失敗だったな。オービルの商人にとって亜人——特に獣人など、毎年いくらでも手に入る玩具《おもちゃ》のようなものだ」

「……だからどの商人も、獣人たちを賭けの対象とすることに抵抗《ていこう》がなかったのですか？」

「ぶはっはっは。いまさら取り消しはできぬぞ？　賭けの対象に獣人を、そして亜人を選んだのはアマタ殿自身なのだからな」

ザット氏が笑みを浮かべる。

それは大損した商人をバカにする笑みだった。

「虎人族、魔狼族《まろうぞく》、賢猿人、熊獣人、妖狐族《ようこぞく》、犬人族、どの獣人も選取《よりど》り見取《みど》りだ。だからなアマタ殿、重ねて言うが決勝戦には惜しくない獣人を出すのだ。わかったな？」

「……」

「私は忠告したからな」

それだけ言うと、ザット氏は去って行った。

腹の底から、ふつふつと怒《いか》りが込《こ》み上げてくる。


——収穫期？

——玩具？

——失っても惜しくない？


この街の商人は、獣人のことをなんだと思っているんだ。

「クソッ」

やり場のない怒りを拳《こぶし》に込め、壁《かべ》を殴《なぐ》る。

ザット氏の物言いが——この街の商人の考えが、たまらなく気にくわない。

「キルファさん……」

不意に、キルファさんの顔が思い浮かんだ。

もしこの場にキルファさんがいたら、俺《おれ》になんて声をかけてくれただろうか？

俺と同じように怒《おこ》っただろうか？

それとも申し訳なさそうに笑い、「ごめんにゃさい」と謝《あやま》ったのだろうか？

「……うん。俺は俺のやるべきことをしよう」

そんな酷《ひど》い扱《あつか》いを受ける獣人たちを救うためにも。

キルファさんを自由にするためにも。

「絶対に、優勝しないといけないないな」

俺は改めてそう誓うのだった。

第一五話　大闘技会　その四

『お待たせしました。これより集団戦の決勝戦をはじめます！』

「「うおおおおぉぉぉぉぉ～～～～っっっ!!」」

アナウンスが流れ、観客席から大歓声《だいかんせい》があがる。

ここまでに行われた各種目の決勝戦。

観客のボルテージは段々と上がっていき、そしていま最高潮へと達した。

『まずは東ゲートより、【アマタ護衛団】の入場です！』

「「うおおおおぉぉぉぉ～～～～～～っ！」」

バレリアさんを先頭に、有翼人のフリをしたセレスさんとママゴンさんが入場する。

これまでの戦いで多くのファンがついたのか、好意的な声援《せいえん》がいくつも飛び交《か》っていた。

「ほう。アマタよ、お主の兵団はずいぶんと民の人気を得たものだな」

俺にそう言ったのは、隣の席に座《すわ》る宰相だった。

いまから三〇分ほど前のことだ。

俺がいたバルコニー席に、オービルの騎士《きし》がやってきた。

「商人アマタ殿。宰相閣下がお呼びです」

「へ、俺を？」

「はい。宰相閣下のお言葉を伝えます。『せっかくの決勝戦、共に観戦しようではないか』

とのことです」

「わかりました。ぜひご一緒させてください」

「私についてきて下さい」

そゆやり取りを経て、俺たちは貴賓席《きひんせき》へと案内されたのだ。

貴賓席には宰相の他にもシェスとオービル四世。他にも各国の王族が観戦していた。

ロイヤルな方々が勢揃《せいぞろ》いじゃんね。

「アマタよ、ここだ。吾輩《わがはい》の隣に座ると良い」

宰相に手招きされ、隣に座るよう言われる。

「では、お言葉に甘《あま》えて失礼いたします」

宰相の隣の席に座る。

アイナちゃんとすあまは俺の隣に。

途中《とちゅう》、こちらを見ていたシェスと目が合う。

「……」

シェスがこくりと頷《うなず》き、俺もまた頷き返す。

次の試合が正念場になると、お互《たが》い理解しているからだ。


そして現在に至る。

『続きまして西ゲートより、我《わ》が国《くに》が誇《ほこ》る宰相閣下の私設兵団、最強の名をほしいままにする【審判《しんぱん》の日】の入場です！』

「「…………」」

アナウンスのコールに、観客席はしーん。

宰相の私設兵団《チーム》は人気がないのだろうか？

一部の貴族や大商人たちが必死に拍手《はくしゅ》を送っていたぐらいで、観客は皆《みな》一様に静まり返っていた。

しーん、ってするのやめてくれー。

オーナーである宰相自身が俺の隣にいるのに、めちゃんこ気まずいじゃんね。

けれども、西ゲートから宰相の私設兵団が姿を現した途端《とたん》、

「な、なんだアレは？」

「バケモノ……バケモノだぞっ!!」

「あのモンスターは何だ!?」

観客席がざわざわと。

騒《さわ》ぐのも当然か。

のっしのっしと歩き、闘技場へと上がった異形が数体。

俺も見るのははじめてだけど、あのモンスターの名は確か——

「どうかなアマタ？　吾輩のサイクロプスのみで編成した精強なる兵団は？　見事なものだろう」

そう。サイクロプスだ。

サイクロプスとは、単眼の巨人《きょじん》のことだ。

背丈《せたけ》は六メートル。

体つきは嫌《いや》になるぐらい筋骨隆々《りゅうりゅう》で、一つ目でギョロリギョロリと周囲を睥睨《へいげい》している。

また、自身の身の丈《たけ》に合った武器まで装備していた。

ネスカさんの教えによると、サイクロプスは肉体的な強さだけではなく、中には魔法も扱う個体もいるのだとか。

討伐《とうばつ》ランクはぶっちぎりの金等級。

蒼《あお》い閃光《せんこう》でも倒《たお》せるかわからないモンスターだ。

それが、七体も。

「お主の兵団が希少な有翼人だからな。吾輩もお主の有翼人に見劣《みおと》りせぬよう、サイクロプスの兵団を急遽《きゅうきょ》手配したのだ」

ドヤ顔をこちらに向ける宰相《さいしょう》。

そのドヤ顔、叶《かな》うならビンタしたい。

「宰相閣下、あのサイクロプスも亜人《あじん》に含《ふく》むのでしょうか？　獣人をはじめとした亜人で団を組むように、とのご助言だったと記憶しているのですが？」

俺の問いに、宰相は平然と。

「サイクロプス《アレ》も亜人だ。吾輩がそう判断した」

「左様ですか」

さすがは国のナンバー2。

ただの商人としては、権力者の決定に異を唱えることなんてできない。

「ですが宰相閣下、サイクロプスは手強《てごわ》いモンスターと聞きます。兵団に加えて危険はないのですか？」

「安心するといい。ちゃんと『支配の首輪』をつけておる。吾輩の命令なく暴れたりはせんよ」

「支配の首輪……？」

「サイクロプス共の首を見よ。お揃いの首飾りをしておるだろう？　くふふ」

宰相に促《うなが》され、サイクロプスの首元を見る。

確かにサイクロプス軍団の首に、どこかで見たことのある装飾品《リング》がつけられていた。

「サイクロプスを支配できるほどの力を秘《ひ》めた『支配の首輪』だ。手に入れるのは吾輩でも苦労したのだぞ」

「さすがは宰相閣下です」

ここはひとまずヨイショしておく。

だって宰相ってば、自慢気《じまんげ》に語っているんだもん。

「お主は『支配の首輪』についてどれほど知っておる？」

「装着した者を従わせることができる、としか」

「その程度か」

「不勉強で申し訳ありません。よろしければご教授願えませんでしょうか？」

下手に下手に。下手に出てヨイショ。

「仕方が無い。教えてやろう」

宰相はにんまりと笑うと、得意気になって語りはじめた。

「『支配の首輪』は、込められた魔力量《まりょく》により支配できるモノが変わるのだ。並の魔法使《まほうつか》いならば低位の魔物《まもの》や獣、魔力を持たぬ奴隷《どれい》などがせいぜいであろう」

奴隷、って言っちゃってるよこの人。

「宮廷魔術師《きゅうていまじゅつし》ほどの魔力があれば、支配できる魔物の格も上がる」

「格が上がる？　それって例えばオー……いえ、なんでもありません」

危ない。うっかり「オーガ」って言っちゃうところだったぜ。

おそらく、オーガにつけられていた『支配の首輪』は、オービルの街となにか関係があると思う。

昨日、対戦したチームにも『支配の首輪』をつけられた獣人がいたし、そこに目の前のサイクロプスだ。

関係がない、と断言する方が難しいだろう。

宰相の自慢は続く。

「格が上がると言ったが、サイクロプスのような上級の魔物となれば話は別だ。人の身に宿る程度の魔力では、あのサイクロプスを支配することは出来ぬ」

「では、いったい何者ならば可能なのでしょうか？」

サイクロプスを従わせるほどの『支配の首輪』。

それを作った存在とは――果たして？

「吾輩が語るのはここまでだ。知りたければお主自身で調べるがよい。まあ、お主では行き着くことはできぬだろうがな。くふふふふ」

教えてくれなかった。

勿体《もったい》ぶったこの言い方、ツッコミに偽装《ぎそう》した水平チョップをキメたくなる。

やらないけれどね。

「サイクロプス……ねぇ」

改めてサイクロプスを、そしてつけられた『支配の首輪』を観察する。

サイズこそ違うが、それはオーガがつけていた装飾品《モノ》に酷似《こくじ》していた。

まさか、ドゥラの森で獣人たちを襲《おそ》うよう命令していたのは――いや、よそう。

いまは目の前の試合に集中するんだ。

「さてアマタよ、」

考える間もなく、宰相が話しかけてきた。

「なんでしょうか？」

「吾輩の兵団とお主の兵団が戦うわけだが、一つ賭けをせぬか？」

「賭け、でございますか？」

「そうだ。他の商人共とも賭けをしていたのだろう？　吾輩の耳にも届いておるぞ」

「さすがは宰相閣下。お耳が早い」

宰相の目には、さぞ俺が狩《か》りやすい獲物《えもの》に映っていることだろう。

ここまでの試合は、どれもギリギリでなんとか勝てたように演出していたからだ。

けれども次の相手はサイクロプス。それも七体だ。

すでに宰相の顔には、『勝利』の二文字が浮かんでいた。

「お主が勝てば、オービルで新たに商会を構えるお主に、他の商人がちょっかいを出さぬように吾輩の権力《カ》を貸してやろう」

「それは大変ありがたいことです。ですが、ぼくが負けた場合は対価としてなにを要求されるのでしょうか？」

他の商人たちは、セレスさんとママゴンさんを要求してきた。

果たして宰相の要求は――――？

「そうだな。吾輩が勝てば、お主が所有している『きりこぐらす』を全てもらおうか」

「…………へ？　切子グラスですか？」

「そうだ。あれは良い品だからな」

まさかの切子グラス。

どうやら相当に気に入ったらしい。

もしかしたら、宰相ははじめから俺の持つ切子グラス欲しさから大闘技会へ誘《さそ》ったのかも……というのはさすがに考えすぎか。

宰相から賭けのお誘い。

だがそれは同時に俺の仲間——バレリアさんやセレスさん、そしてママゴンさん相手にサイクロプス軍団は一切《いっさい》の手加減をしない、ということだ。

おそらく、三人を殺すつもりで襲いかかってくるだろう。

「どうだ?」

「賭け自体、お断りすることは……できませんよね?」

「吾輩を失望させるなよ」

出た出た。権力者ムーブが。

最初から俺には断る権利がないじゃんね。

「承知しました。ぼくが負けた場合、所有する全ての切子グラスをお譲《ゆず》りしましょう」

「うむ。良い心がけだ。吾輩と親しくしておればお主もいずれはオービルで商会を持てるかもしれんぞ」

宰相ってば、もう勝った気でいるよ。

「どうやら始まるようだな」

宰相の視線が闘技場へと向けられる。

『それでは大闘技会最後の試合となります！　最終試合、はじめっっっ‼』

アナウンスが試合開始を告げ、サイクロプス軍団が一斉《いっせい》に動き出す。

昨夜、『アマタ護衛団』の三人には、「決勝戦もギリギリで勝ったように見せて欲しい」

と伝えてある。

だからだろう。

決勝戦は、それはそれは見応えのあるものとなった。

まずはバレリアさん。
バレリアさんが戦鎚《バトルハンマー》を振《ふ》り下ろす。
聞いたところによると、バレリアさんが振るう戦鎚『山砕《やまくだ》き』には重量を操《あやつ》る魔法が付《ふ》
与《よ》されているそうだ。
使用者には軽く。戦鎚を叩きつけられるモノには重く。

そんな魔法が付与されているらしく、本気で振るえば、

『グギャアァァァァ〜〜〜〜ッッッ⁉』

いま悲鳴をあげたサイクロプスのように、一撃《いちげき》でダメージ部位がぺちゃんこになるようだ。

どうと音を響《ひび》かせ、つま先を潰《つぶ》されたサイクロプスが倒れ込む。

おまけでもう一振《ひとふ》り。

こんどは膝《ひざ》がぺちゃんこになった。

あのサイクロプスはもう戦えないだろうな。

ただでさえ、オーガを素手《すで》で殴り殺せるほど強いバレリアさん。

戦鎚を手にしたことにより、手がつけられないぐらい強くなっていた。

サイクロプス相手にむしろ圧倒《あっとう》しているぞ。

いままで戦った獣人相手には手加減していたのだと、誰もがわかる圧倒っぷりだった。

「な、なんだあの熊獣人の女戦士はっ？　サイクロプスを倒すだと⁉」

宰相が腰《こし》を浮かして驚《おどろ》く。

まだまだこんなもんじゃないよ。

『グガァァ‼　潰レロ！　潰レロ‼』

サイクロプスその二が握《にぎ》っている棍棒《こんぼう》を振り下ろす。

「フン」

その棍棒をセレスさんが左手で受け止めた。

セレスさんの足下《あしもと》の石畳に放射状のヒビが入る。

サイクロプスその三が槍《やり》を突《つ》き出す。

『オ前、殺ス』

それも右手で掴む。

セレスさんに襲いかかったサイクロプスその二とその三。

パンプアップしたかのように腕《うで》の筋肉が盛り上がっている。

セレスさんを倒そうと力を込めているのだ。

けれども――

「……所詮《しょせん》サイクロプスではこの程度か」

セレスさんは微動《びどう》だにしない。

棍棒を受け止め、槍を掴んだまま平然とし、退屈《たいくつ》そうにしていた。

「何故《なぜ》だ⁉　何故あの有翼人はサイクロプスの攻撃《こうげき》を受け止められるのだっ？」

「さ、さあ～。強化魔法とかですかねー？　ぼくも詳《くわ》しくは知りませんけれど」

「くぅっ。何をしているサイクロプス共！　魔法だ！　さっさと魔法を使わぬかっ！」
そんな宰相の声が聞こえたのか、
『火ヨ、炎《ほのお》ヨ、』
サイクロプスその四が呪文《じゅもん》を唱えはじめる。
その四の手のひらにバカでかい火球が生まれ――
『眼前ノ敵ヲ燃ヤセ』
バレリアさんに向かって放たれた。
しかし――
「では私がお相手しましょう」
ママゴンさんの頭上に同サイズの氷塊《ひょうかい》が生まれる。
それも無詠唱でだ。
「目障《めざわ》りな火よ消えなさい」
サイクロプスが放った火球をママゴンさんが氷塊で相殺《そうさい》する。
術者ごと滅《めっ》しないで相殺に留《とど》めているのは、俺が接戦を希望したからだろう。
その四、その五、その六が連続で火球を放つ。
その都度ママゴンさんが氷塊で迎《むか》え撃《う》つ。

相殺するたびにズドンズドンと炸裂音《さくれつおん》が響き、観客席から大歓声があがった。

控えめにいっても見応えのある試合だった。

「魔法《まほう》っ？　魔法だとっ⁉　あの白い有翼人は攻撃魔法も使うのか！」

宰相のリアクションがいちいち面白《おもしろ》い。

顔を赤くしたり青くしたりと、とっても忙《いそが》しそう。

それからも迫力《はくりょく》ある試合は続いた。

セレスさんとママゴンさんが時を稼《かせ》いでいる間に、

「お前も潰れちまいなっ！　どりゃあっ‼」

バレリアさんが一体、また一体と戦鎚でサイクロプスの関節部位を叩き潰していき、やがて――

『しょ、勝利したのはアマタ護衛団になります‼』

「「「わあああぁぁぁ～～～～～～～っっっ!!!」」」

俺の頼もしい護衛団は、勝者として称《たた》えられるのであった。

なお宰相は、

「～～～～っっっ‼」

めちゃんこ悔《くや》しそうな顔でずっと俺を睨《にら》んでいた。

第一六話　尼田《あまた》商会オービル支店

大闘技会で優勝した俺は、約束通りオービル四世から商売の許可をもらった。

さっそく貧民街《ひんみんがい》にいた獣人《じゅうじん》たちを雇用《こよう》し、仕事を教える。

大商人たちから解放した獣人たちにも仕事を教え、商売をはじめた。

獣人たちは慣れない仕事に戸惑《とまど》っていたけれど、それでも少しずつ仕事を覚えていった。

扱う商品はマッチをはじめとしたニノリッチでも人気のある日用品から、保存の利《き》く食料など。

店員が獣人だからだろう。

最初こそオービルの住民や、一部の商人たちの反応は芳《かんば》しくなかった。

それでも、

「な、なんだこのきめ細かな小麦は⁉　貴族向けの小麦でもこうは美しくないぞ！」

「驚きの白さ！　この小麦には混ざり物が一切ないとでもいうのか⁉」

「おおっ。こんなにも見事な小麦はギルアム王国の辺境でしか見たことがないぞっ」

「くれ！　この小麦を二袋《ふくろ》くれ！」

「俺は四袋だ‼」

「ならこっちは一〇袋！」

成り行きで小麦の独占販売権《どくせんはんばいけん》をゲットしたことが大きかった。

オービルで唯一《ゆいいつ》小麦を扱う商会だからか、仕方なくといった感じで行商人が店にやってくる。

そして俺の販売《はんばい》する小麦の品質に驚くのだ。

目の肥えた行商人ほど日本から持ち込んだ小麦の価値に気づき、そして飛ぶように売れていった。

利益の前では、店員が獣人だろうが只人族《ヒューム》だろうが関係ないのだ。

そしてこの小麦が取っ掛《か》かりとなり、

「このアメ玉とかいうお菓子《かし》、もの凄《すご》く美味《おい》しいわ！」

「ほう。これが噂《うわさ》に聞くマッチですか」

「チョコ？　美味しすぎて鼻血が出て来たわ……」

「この毛布、もの凄く手触《てざわ》りがいいわね。一枚貰《もら》えるかしら？」

行商人や買い付けにきた他国の商人に、なんとオービルの住民まで。

店はお客で連日大賑《おおにぎ》わいとなった。

あとは、悪徳商人ムーブのためだけに用意した葉巻。

この葉巻の需要《じゅよう》は、俺の予想を遥《はる》かに上回るものだった。

「葉巻！　葉巻はあるかっ⁉」

小麦の独占販売権を賭け試合をした大商人が、店に飛び込んでくる。

「アマタ殿《どの》、カネならある！　ありったけの葉巻をくれないかっ？」

この大商人の発言に俺はにっこり。

「そう仰《おっしゃ》いましても……。実はあなたにプレゼントした葉巻の他にも、いくつも種類がありましてねぇ。それを全てとなると、かなりの金額になってしまいますよ？」

「な、なんだと⁉　他の葉巻もあるというのかっ？」

「ええ。当商会は品揃《しなぞろ》えに自信がありますので。もし大口の取引をお望みでしたら日を改めて伺《うかが》いましょう」

「わかった。では明日でどうだ？」

「明日だなんて、貴方《あなた》もせっかちですね。ですが承知しました。では明日の正午に」

商談の日取りを決め、大商人を見送る。

そして俺はすぐにばーちゃん家《ち》へ戻《もど》り、タクシーに飛び乗った。

向かう先は銀座。

銀座の有名シガーショップで葉巻を買い占《し》め、再び異世界《オービル》へ。

大商人から積み上げられた金貨を受け取り、代わりに葉巻がぎっしり入った箱を渡《わた》す。

俺の葉巻の噂はすぐに広まり、何人もの商人が葉巻を買い求めにきた。

なかには大口の契約《けいやく》にまで発展するものもいくつか。

俺の店にどんどんおカネが落ちていく。

交易で栄えている都市国家だけあって、オープンから数日で雇用した全獣人に十二分な賃金を支払《しはら》い、まだまだ余裕《よゆう》があるほど儲《もう》けることができたのだった。

◇◆◇◆◇

オービルの店舗《てんぽ》は軌道《きどう》に乗った。

乗ったというか、なんかもう垂直にカッ飛ぶ勢いで商品が売れまくっていた。

この勢い、俺がニノリッチで商売をはじめた頃《ころ》を思い出すよね。

店舗スタッフとして五〇人も雇用したのに、もう手が足りないぐらいだ。

ちなみに残りの二〇七名はその全員が狩人《かりゆうど》や戦士だったので、こちらは尼田護衛団の追加メンバーとして雇用しておいた。

ホントは帰郷を望む人には故郷に帰してあげたかったのだけれど、

『一度《ひとたび》雇用《こよう》した獣人を解放するなど前例がありませんな』

訪《おとず》れた役所でそんなことを言われ、解放手続きには時間がかかると言われた。

ならば俺の護衛として街を出よう！　とも考えたのだけれど、こちらも門番が、

『て、手続きが終わるまで獣人を外に出すことはできない！』

の一点張り。

オービルで雇用されていた獣人を街の外に出すのは規則が云々《うんぬん》かんぬんと、門番は口をもごもごさせていた。

役所も門番も、何やら権力者の影《かげ》がチラつくような理《り》不《ふ》尽極《じんきわ》まりない対応だったのだ。

新店舗をオープンして一〇日が経《た》った。

相変わらず店は忙しく、解放手続きは遅々《ちち》として進まない。

それでも、

「ありがとよ旦那《だんな》」

「旦那様《だんなさま》にはなんとお礼を言えばいいのか……」

「大将！　あんた只人族なのにいいヤツだな！」

少しずつ、本当に少しずつ、辛《つら》い思いをしていた獣人たちに、笑顔《えがお》が戻ってきたのだった。

◇◆◇◆◇

「シロウ、ちょっといいかい？」

その夜、バレリアさんが俺を訪ねてきた。

場所はシェスが滞在《たいざい》している屋敷《やしき》。

大闘技会はとっくに終わっているのだけれど、

『シェスフェリア王女よ！　もう一日！　も、もう一日だけ滞在してはどうだっ？』

オービル四世の懇願《こんがん》により、ずるずると滞在日数が延びていたのだ。

シェスはガチ目に嫌がっていたけれど、これも獣人たちを救うためだと自分に言い聞かせ、なんとか耐《た》えていた。

「バレリアさん？　どうしたんです？」

「大した事じゃないんだけど、シロウにちょいと話があってね」

「あ、ちょうどよかった。俺もバレリアさんに話したいことがあったんですよね。取りあえず中へどうぞ」

部屋にバレリアさんを通す。

シェスの御用《ごよう》商人という立場からか、俺に割り当てられた部屋はかなり広い。

バレリアさんに椅子《いす》をすすめ、俺もテーブルを挟《はさ》んだ対面の椅子に座る。

「それでバレリアさん、俺に話って？」

「なに、そろそろルグゥの里に帰ろうかと思ってね。そのことを伝えに来たのさ」

「……そうですか」

「ああ。本当はググイたちと一緒《いっしょ》に戻りたかったけどね。いくら待っても解放手続きとやらが進まないいんだろ？」

「俺《おれ》の力不足ですみません」

「なんでシロウが謝るのさ？　悪いのはクソッタレな役人連中だよ。シロウ、あんたは精《せい》一杯《いっぱい》……いいや、それ以上のことをウチらの同胞《どうほう》に――ドゥラの森の仲間にしてくれたんだ。毎日見てるだろ？　あいつらの笑顔をさ」


――ただ主人が代わっただけだ。


バレリアさんから聞いた話によると、当初多くの獣人たちがそう思っていたらしい。

どうせ新しい主人も酷い扱いをするのだろう、と。

けれども俺やアイナちゃんと一緒に仕事をしていくうちに、俺やアイナちゃんと一緒に過ごすうちに、少しずつ獣人たちの信頼《しんらい》を得ることができた。

ちゃんと賃金を支払ったことも理由の一つだろう。

支払われた賃金から「穀物を買いたい」と言い出した獣人たちに、店頭価格の二割引で販売したことも理由の一つかもしれない。

なによりバレリアさんが「シロウの婚約者《こんやくしゃ》は猫獣人《ケットシー》だよ」、と触《ふ》れ回ったことが大きかったようだ。

いつしか獣人たちは俺への警戒《けいかい》を解き、嫌悪《けんお》を捨て去り、肩《かた》を組んで「がはは！」と笑い合うまでになっていた。

「シロウが助けた獣人の名は全員書き記した。ウチはドゥラの森に戻って生きてた連中の、そして死んじまった奴《やつ》らの名を伝えて回りたいんだよ」

「ルグゥの里だけではなく、他の種族の里も回るんですか？」

「そのつもりさ。シロウを見てたら部族ごと別々に考えるのがバカらしくなってね。ドゥラの森で暮らす獣人同士、みんな仲間でいいじゃないか、ってさ」

バレリアさんがパチリと片目を閉じる。

とても男前なウィンクだった。

「ウチの話は以上さ」

「……そうですか。わかりました。バレリアさんとお別れしたら、みんな寂《さび》しがるでしょうね。アイナちゃんなんか泣いちゃうかも」

「よしとくれ。ウチはしんみりするのは好きじゃないんだ」

「あはは。すみません」

「こんどはシロウの番だよ。ウチに話ってなんだい？」

バレリアさんが俺を見つめ訊《き》いてくる。

「商売の許可を得たことで、俺のオービルでの目的は達成しました」

オービルにいる獣人たちのほとんどを救うことができた。

それでもまだ、他の商人との契約が残っている獣人もいる。

けれども俺が日本から持ち込《こ》んだ品と引き換《か》えに、雇用主《こようぬし》の変更《へんこう》を提案したところ、

『獣人とこの宝石のようなグラスを交換《こうかん》してくれるのか？』

『この織物と獣人を交換だと⁉　乗った！　もう取り消しはできぬからな！』

『お主の扱《あつか》うドレス一着につき、獣人三人と取り替《か》えてやろう。どうだ？』


みたいな感じに、全商人がこれに飛びついた。

いまはデュアンさんが間に立ち、面倒《めんどう》な手続きを一気に引き受けてくれている。

デュアンさんの話によると、数日中には全ての手続きを終えることができるだろう、とのことだった。

「もうオービルにいる獣人たちは、只人族のために命を削《けず》って働く必要がありません。だから次は――」

「キルファかい？」

バレリアさんの言葉に俺は頷く。

「はい。キルファを取り戻しにいこうと思います」

「で、ウチに長尻尾《ケットシー》の里まで案内人《ガイド》を頼《たの》みたいと？」

「あはは。バレてましたか」

「シロウとはまだ短い付き合いだけどね。それでも考えていることぐらいはわかるよ。あんたはいつだって誰《だれ》かを救おうとしているからね」

「ヅダの里への案内、お願いできますかね？」

「いいよ。シロウが解放した連中の中にはヅダの長尻尾もいたんだ。ついでに教えにいってやろうじゃないか」

「ありがとうございます」

「出発は明日の朝だよ。それまでに支度《したく》しとくんだね」

「はい！」

こうして俺は再びドゥラの森に入り、ヅダの里を目指すのだった。

キルファさんを、取り戻すために。

第一七話　再びヅダの里へ

みんなにキルファさんの故郷へ行くことを伝えると、俺のもやしっぷりを心配したセレスさんが同行してくれることになった。

ママゴンさんも同行したがっていたけれど、俺がオービルにいる、ほぼ全ての獣人と雇《こ》用契約《ようけいやく》を結んだことによる影響《えいきょう》だろう。

『獣人を所有しながら、なぜ闘技場《とうぎじょう》で闘《たたか》わせない⁉　市民は血に飢《う》えているのだぞ！』

『貴様、オービルの商人になりながら、獣人共に我ら只人族《ヒューム》と同じ値で穀物を売るとは何事だ‼』

『オービルで商会を持つからには、貴方もオービルの流儀《りゅうぎ》に従わなくてはならないのですよ？』

『皮のなめしに貴方の獣人を貸してください。オービルには獣人にしかできない仕事があるんです』

『下水に公衆トイレの掃除《そうじ》。街道《かいどう》の舗《ほ》装《そう》に城壁《じょうへき》の補修。我々に獣人を貸せば、公共事業の利益を独占《どくせん》できるチャンスですよ？　どうです？　貸す気になりましたか？』

辛い仕事を一手に引き受けていた獣人がいなくなり、闘技場からも獣人の剣闘士《けんとうし》が消えた。

だからだろう。

オービルの役人や大商人たちは、口を揃《そろ》えて俺に獣人を出せと言ってきた。

獣人に相応《ふさわ》しい仕事をさせろと。

お前（俺）が獣人を独占したせいで人手が足りないと。

悪徳商人ムーブの影響か、彼《かれ》らは俺が他の商人同様、獣人たちを過酷《かこく》な労働や闘技場へ送ると考えていたようだ。

けれども、

『やだなー。彼、彼女《かのじょ》らはぼくが雇用しているんですよ？　彼らにどう働いてもらうかは雇用主であるぼくが決めますよ。そもそもぼくはオービルの商人連盟ではなく、オービル四世陛下から直々に商売の許可を頂いているんです。貴方たちに従う理由なんかこれっぽちもないんですけれどー？』

俺自身も気づかぬうちに、未《いま》だ悪徳商人ムーブを引きずっていたのか、ティアドロップ型のサングラスをかけたまま半笑いで言い返すと、

『これ以上、只人族と獣人を等しく扱うのであれば……後悔《こうかい》することになりますよ？』

『オービルでのルールを破った者は、何故か行方《ゆくえ》知れずになってしまうのを知らぬのか？』

『せいぜい夜道に気を付けることだな！』


というような、わかりやすい脅《おど》しを受けたのだ。


俺自身は側《そば》にセレスさんがいるので身の安全は保障されている。

けれども新たにオープンした店舗と、雇用した獣人たちはそうではない。

もし獣人たちの身に危険が迫《せま》るとしたら、回復魔法が使えるママゴンさんが側にいた方が安心できる。

なので嫌《いや》がらせ対策として、そして護衛兼《けん》、治癒師《ヒーラー》として、ママゴンさんにはお留守番をお願いしたのだった。

「ママゴンさん、獣人たちのことお願いします」

「承知しました」

「アイナちゃん、シェス。じゃあちょっと行ってくるね」

「シロウお兄ちゃん、キルファお姉ちゃんをつれかえってきてね」

「アマタ、ぜったいにキルファをつれもどしてくるのよ‼」

オービルに残った仲間たちに見送られ、ドゥラの森へ。

バレリアさんの案内で、まずは熊獣人《ルグゥ》の里から。

里の人たちに無事だった同胞の名を告げ、喜びを分かち合い、命を落としていた同胞のために祈《いの》りを捧《ささ》げた。

ルグゥの里で一泊《ぱく》し、翌朝、太陽が昇《のぼ》る前に出発する。

猫獣人《ヅダ》の里への道すがら、他の里に立ち寄り無事だった者たちの名を伝えて回った。

家族が無事で喜ぶ人もいれば、最後まで名が挙がらずに悲しむ人もいた。

でも、最後には、

「教えてくれて……ありがとう」

誰もが感謝の言葉を述べるのだった。

◇◆◇◆◇

ヅダの里に着いたのは夕暮れだった。

「すーはー、すーはー……」

里に入る直前で立ち止まり、深呼吸。

ヅダの里の人たちに追い立てられたのは、まだ記憶《きおく》に新しい。

きっと今回も石ぐらいは投げられるかもしれない。

なんなら硬《かた》くて尖《とが》ったものが飛んでくる可能性もある。当たれば致命傷《ちめいしょう》だ。

それでも俺は、絶対にキルファさんに会わなければならない。

もう大丈夫《だいじょうぶ》だよ、そう伝えなければいけないのだ。

「シロウ、準備はいいかい？」

バレリアさんが訊いてくる。

「あまり気負うな。この私が側にいるのだからな」

セレスさんも声をかけてくれた。

俺は大きく息を吐《は》き、答える。

「……はい！」

「よし。なら行くよ」

ヅダの里に入ると、バレリアさんは大きく息を吸《す》い込み、

「ルグゥの里の戦士長バレリアだ！　ヅダの里長《さとおさ》に話があって来たっ!!」

猫獣人たちに向かって来訪を告げるのであった。

◇◆◇◆◇

わかってはいたけれど、囲まれたよね。

超《ちょう》囲まれたよね。

殺気だった猫獣人の男衆が、爪《つめ》を、牙《きば》を剥《む》きだして威嚇《いかく》してくる。なんなら武器もだ。

正直、日本産のもやしにはめちゃんこビビる状況《じょうきょう》だ。

けれども、そんな殺気を放つ猫獣人など何処《どこ》吹《ふ》く風《かぜ》なのがバレリアさんとセレスさんだった。

「あんたたちじゃ話にならないよ。里長をお出し」

バレリアさんは戦鎚を肩に担《かつ》ぎ、不敵に笑って。

「キルファを出せ。出さぬのなら貴様ら全員を倒《たお》してもいいのだぞ？」

セレスさんは冷たい眼差《まなざ》しで淡々《たんたん》と。

ヅダの里にもう狩人が残っていないからか、はたまたバレリアさんとセレスさんに気圧《けお》されたからか、襲《おそ》いかかってくる猫獣人はいなかった。

睨み合いが続く中、やがて、

「お前たち、道をお空け」

そんな声が聞こえ、人垣《ひとがき》が割れる。

「久しいね、シロウや」

現れたのはキルファさんのおばあちゃん——ヅダの里長だった。

「お久しぶりです。里長さま」

俺は里長に対し、丁寧《ていねい》に頭を下げる。

里長はフンと鼻を鳴らし、俺を見つめた。

「ルグゥの戦士長なんか連れて、なにしに来たんだい？　まさかキルファに会いに来た、なんて言わないだろうね？」

「よくわかりましたね。キルファに逢《あ》いに――いえ、キルファを連れ戻しにきました」

「……」

俺たちを囲む猫獣人たちの殺気が増す。

「まったく、お前はいつも間が悪いね。悪いことは言わない。帰るがいい」

「お断りします。キルファに逢うまで俺は帰りません」

一歩も引かずに、俺がそう返したタイミングでのことだった、

「そうかい。ならお前を殺すしかねぇなァ」

人を嘲《あざけ》るような不愉快《ふゆかい》な声が聞こえた。

現れたのは――

「なァ？　クソ只人族」

因縁《いんねん》の相手、サジリだった。

第一八話　一触即発《いっしょくそくはつ》

「いよぉクソ只人族《ヒューム》。まーた俺様の前に現れやがったなァ」

獰猛《どうもう》な笑《え》みを浮《う》かべたサジリが近づいてくる。

「実はよォ、俺様はお前に会いたかったんだ。会いたくて会いたくてよォ……仕方がなかったんだぜ」

「へえ。俺にですか？」

「おおよ。お前にだ。まさかキルファの腹にお前とのガキがいるなんて思わなかったからなァ。次会ったら絶対にぶっ殺してやろうと決めてたのよ」

サジリが腰から小剣《ショートソード》を抜《ぬ》き放つ。

思い起こすは、はじめてここに訪れた時のこと。

場の勢いで、キルファさんは「お腹《なか》に俺との子供がいる」と言ってしまった。

サジリの様子を見るに、あの時の発言は未だ撤回《てっかい》されていないようだ。

おかげでサジリの殺気がマシマシ。

その双眸《そうぼう》には強い殺意が宿り、俺を絶対殺すマンと化していた。

「待たれよ婿殿《むこどの》！　その者を殺してはならん！」

「黙《だま》れババア。このクソ只人族は殺す。キルファが産むガキも殺してやる。……いや、いっそ腹に蹴《け》りでも入れてよォ。いますぐ殺してやろうかァ？」

「っ……。聞くのだ婿殿！　腹で子を亡《な》くした母は子を孕《はら》めなくなることもある。そうなれば婿殿との子も作れぬぞ！」

里長が両手を広げサジリに立ち塞《ふさ》がる。

「この者にはキルファが産んだ子を渡す、と。そう里長の名にかけて誓《ちか》った。この只人族には手を出してはならん」

必死に訴《うった》えかける里長の肩に、バレリアさんが手を置く。

「ヅダの里長、その阿呆《アホウ》を止めなくていいよ。どうせウチがいる限りシロウには手出しできないんだからね」

バレリアさんが、里長と入れ替わるようにしてサジリと対峙《たいじ》する。

「んだぁ、誰だお前？」

「ルグゥの戦士長バレリアだ。シロウを殺すつもりなら……ナハトの里のサジリ、あんたはウチの――そしてルグゥの里の敵になるよ？」

「ハッ。戦士長ともあろう者が只人族に飼い慣らされたかのかよ。それとも首輪でもつけられたかァ？　気をつけた方がいいぜ。そいつはすぐ腹にガキを仕込《しこ》みやがるからなァ」

バレリアさんに対し、挑発《ちょうはつ》で返すサジリ。

「……シロウを侮辱《ぶじょく》するなら容赦《ようしゃ》しないよ？」

「やってみろクソ熊女。ノロマな熊獣人なんか返り討《う》ちにしてやるよ」

バレリアさんとサジリが睨み合い、バチバチと火花を散らす。

最早一触即発《もはやいっしょくそくはつ》。

高位の戦士同士、一度戦いがはじまればどちらも無事では済まないだろう。

「シロウ、バレリアが仕掛《しか》ける前に私があの猫獣人を黙らせてやろうか？」

セレスさんが耳打ちしてくる。

魔王《まおう》四天王の一角が直々に武力介入《かいにゅう》を提案してきた。

確かにセレスさんなら、サジリだって難なく制圧できるだろう。

でもそんなことをすれば、より話が拗《こじ》れるだけだ。

「いえ、ここは俺がなんとかしてみます」

セレスさんに動かぬように伝えてから、一歩前へ。

「待って下さい！　俺たちは争いにきたわけではありません」

「だよなァ？　俺様にぶっ殺されにきたんだよなァ？」

「殺されにきたわけでもありません。俺はキルファを迎えにきただけです」

「まだ言うかよ。キルファはもう俺のモノだ。俺の花嫁《はなよめ》なんだよ！」

「それはこの里が――ヅダの里が危機的状況だったからに過ぎません。ですが危機を脱《だっ》したいま、キルファはもうあなたと結婚《けっこん》する必要がないんです」

「あぁん？」

サジリが怪訝《けげん》な顔をする。

いや、サジリだけではない。

周囲の猫獣人たちも首を傾《かし》げていた。

「危機を脱した、だと？　シロウよ、お主はいったい何を言っておるのだ？」

皆《みな》を代表して里長が訊いてくる。

答えたのはバレリアさんだった。

「このシロウがオービルに商会を出したんだ。ウチら獣人を雇《やと》い、ちゃーんと賃金を支払ってね」

「な、なんとっ⁉」

バレリアさんの言葉に里長が驚愕《きょうがく》する。

「それだけじゃないよ。冬を越《こ》すのに必要な穀物もシロウの店じゃ安く買えるんだ。それもシロウの店で働いている者なら只人族よりもずっと安い値でね」

「ただの従業員割引ですよ。俺の故郷じゃ当たり前にある仕組みです」

「ウチらドゥラの森の獣人にとっちゃ、それは当たり前じゃないんだよ。ヅダの里長、あんたならわかるだろ？」

「その話が真《まこと》なら……驚《おどろ》くべきことだ」

信じられない、とばかりに里長が呻《うめ》く。

「オービルにいる獣人はすべて俺が雇い入れました。雇い入れた方の中には、ヅダの里の狩人もいます」

俺の言葉に、猫獣人たちから「おぉ……」と驚きの声が漏《も》れ聞こえる。

「賃金もちゃんと支払っています。雇用契約を結んだ方には仕入れ値で穀物を売っています。里が冬を越すのに十分な量です。だから、だから――」

この場にはいないけれど、

「聞こえるかキルファ！　もうサジリの言うことなんか聞く必要はないんだっ!!」

全力で声を張り上げる。

キルファさんは斥候《せっこう》だ。

こんなに騒《さわ》いでいるのに、耳の良いキルファさんが気づいていないわけがない。

きっと俺の声も届いているはずだ。

「キルファーーーッ！　俺と一緒に帰ろう！」

「黙れクソ只人族がァッ！」

「させないよ!!」

サジリが俺に小剣を突《つ》き刺《さ》そうとするが、対峙するバレリアさんがそれを許さない。

「クソ熊女がァ！　そこをどけっ！」

「嫌だね。どかしたければ自分でやってごらんよ？　女一人口説けないあんたじゃ無理だろうけどね！」

「上等だ。望み通りブチ殺してやらァ！」

サジリが身を低くし飛び掛かろうとしている。

バレリアさんはどっしりと腰《こし》を落とし、サジリを迎《むか》え撃《う》とうと戦鎚を構える。

そして、両者がぶつかり合おうとした寸前で――

「待つにゃっ！」

キルファさんが現れたのだった。

第一九話　再会、そして――

キルファは窓から沈《しず》み行く夕日を眺《なが》めていた。

――あれから何日たったんだにゃ？

シロウに別れを告げたあの日から、キルファの心は闇《やみ》へと沈んでいた。
想《おも》い出すのはニノリッチでの日々ばかり。
一緒にパーティを組んだネスカ、ライヤー、ロルフ。
蒼い閃光《ボクたち》なら、どこまでも昇っていけると信じていた。
おカネにがめついエミーユに、怒《おこ》ると怖《こわ》いギルドマスターのネイ。
十六英雄《えいゆう》なのに、酒場でお酒ばっかり飲んでるエルドス。
町長のカレンは毎日忙《いそが》しそうにしているし、妖精族《フェアリー》のパティはいつも賑《にぎ》やかだ。
まだ小さいのに頑張《がんば》り屋さんなアイナに、優《やさ》しい母親のステラ。

そして——

「シロウ……」

キルファの口から、無意識にシロウの名が零《こぼ》れ落ちる。

ニノリッチでの毎日は、本当にキラキラしていて楽しいものだった。


——胸がズキズキするにゃ。


ニノリッチのことを想い出すと、胸がぎゅーっとなる。

いまいる場所こそが故郷のはずなのに、ニノリッチに対し郷愁《きょうしゅう》を感じずにはいられない。

「なくしてから気づくにゃんて……ボク、バカみたいにゃ」

結婚式《けっこんしき》が近づいていた。

五日後にヅダとナハトの両里を挙げた結婚式が催《もよお》され、サジリと夫婦《ふうふ》にならなければならない。

正直、結婚なんかしたくない。

そもそもサジリのことが大嫌《だいきら》いなのだ。

でも——

『お願いだキルファ。どうか里の皆を助けておくれ』

ババ様に頼まれた。

『キルファ！　お前がサジリと夫婦になればこの里は救われるのじゃぞ！』

長老衆に頼まれた。

『この子が大きくなった姿が見たいのよ。だからキルファ……ね？』

赤子を抱《かか》えた幼馴染《おさななじ》みに頼まれた。
自分が我慢《がまん》さえすれば、ヅダの里を救えるのだと誰もがそう言っていた。
オーガの襲撃《しゅうげき》は続いていた。
キルファは必死になって戦ったが、如何《いかん》せん数が多い。
里の者たちが傷を負い、一人また一人と倒れていく。

――こんどこそダメかも知れないにゃ。

そんな考えがよぎった時に限って、大嫌いなサジリが現れるのだ。

『いよぅキルファ。助けに来てやったぜェ』


里の者たちはサジリを英雄視《えいゆうし》していた。

危機に陥《おちい》ると必ず駆《か》けつけてくれるからだ。

そして高価な回復薬を惜《お》しみなく使い、傷を負った者たちを治癒するのだ。

命を救われた者の数は、すでに両手両足の指じゃ足りないぐらいだった。

「……ボク、もっとおカネを貯《た》めておけばよかったにゃ」

キルファの財布《さいふ》をひっくり返しても、回復薬の代金にはぜんぜん届かない。

ヅダの里の資産も同じだ。

そもそも里におカネが残っているのなら、狩人が――年若い男衆がオービルに出稼《でかせ》ぎに行く必要がないのだから。

――返せないほどの恩。
――冬を越せるだけの食料。
――オーガを退ける武力。
――回復薬に病の薬。

それらを握《にぎ》られた以上、ヅダの里に選択肢《せんたくし》はなかった。
サジリが想いを寄せ、恋焦《こいこ》がれ続けていたキルファを差し出すしかなかったのだ。
そのことを当然キルファも理解している。

――でも。

でも、こんなことも考えてしまうのだ。

――それでもシロウなら、ボクのことを助けてくれるんじゃにゃいかな？

我ながらバカバカしい考えだと思う。

そもそも自分から別れを切り出したのに。

「……」

キリファは目を閉じ、シロウと過ごしたあの夜を想い出す。

「……ん」

シロウの背中の温かさが、いまも触れあった背中に、手に、全身に残っている。

「うん。ボクはだいじょーぶにゃ。だいじょーぶだよ、シロウ」

ここにいないシロウの名を呼んでみる。

もう少しだけ、頑張れる気がした。

そんな時だ。

「キルファーーーッ！　俺と一緒に帰ろう！」

遠くからシロウの声が聞こえたのは。

◇◆◇◆◇

気づけば里長に『出てはならぬ』と言われた家を飛び出していた。

走って、走って、全力で走って、そして――

「ぁ……」

シロウが目の前にいた。

あと一〇歩の距離《きょり》。


――ううん。ボクなら二歩でシロウに抱《だ》きつける。


すぐそこにシロウがいたのだ。

けれども、

「キルファ……お前はなぁんでここに来たんだァ？」

サジリもいた。

戦鎚を構えたバレリアと対峙したサジリが、苛立《いらだ》った声を出す。

「キルファ！　一緒《いっしょ》に帰ろう！」

シロウが真《ま》っ直《す》ぐにキルファを見つめている。

手を伸《の》ばし、ただ真っ直ぐに。

「お聞きキルファ。シロウがやってくれたよ。オービルのくそったれな商人連中から獣人《じゅうじん》たちを助け出したんだ！」

サジリから目を離《はな》さず、バレリアは続ける。

「ヅダの里の狩人衆《かりゆうど》もいるよ。あのアジフもだ。みんなみんなシロウが助け出したんだよ！」

「……アジフ兄ちゃんも？」

里一番の狩人だったアジフ兄ちゃん。

キルファの自慢《じまん》の従兄弟《いとこ》だ。

アジフの無事を知り、猫獣人《ケットシー》たちの間に動揺《どうよう》が走る。

「そうだ。アジフもいる。狩人たちが里に戻《もど》れば、もうオーガに怯《おび》える必要なんてないだろうさ」

バレリアの発言には一理ある。

里一番の狩人であるアジフならば、オーガだって倒せるからだ。

でも——

「シロウ、ごめんにゃさい」

「…………え？」

一緒に帰ろうと伸ばした手を取って貰《もら》えず、シロウが驚く。

「……」

キリファはシロウを見つめ返した。

シロウの事だ。

きっとたくさんの無茶《むちゃ》をして、ここまで来てくれたに決まってる。

ボクをここから連れ出すためだけに。

——ボクはシロウを騙《だま》して連れてきたんだよ？

ウソつきなボクのことなんか、放っておけばいいのに。

それなのにシロウは、まだボクのことを連れ帰ろうとしている。

あの温かいニノリッチへ。

シロウが伸ばした手を取ってしまいたい。

でもその手を掴《つか》んでしまえば、シロウにもっと無茶をさせることになる。

底抜《そこぬ》けに優しいシロウのことだ。

ボクのため、そして里のみんなのために、ずっと無茶を続けるに決まってる。

――シロウ。ボクね、シロウの負担になりたくないんだにゃ。

キルファは里を抜け出し、オーガの拠点《きょてん》を探《さぐ》った。

恐《おそ》ろしいことに、森にはオーガの営巣地《コロニー》がたくさんあった。

あれだけの営巣地があるとなると、オーガの全数はかなりのものになるだろう。

もしオーガ・キングのような指揮個体がいた場合、事と次第《しだい》によっては都市すら滅《ほろ》ぼせるほどの数だ。

ドゥラの森の獣人は、オービルから出ることが許されない。

街にも居場所がないのなら、里に留《とど》まり続けるしかないのだ。

そして里に留まる限り、途方《とほう》もない数のオーガに怯えて暮らすことになる。

仮にアジフが――狩人衆が戻って来たとしても、ナハトの里《サジリ》の庇護《ひご》がなければヅダの里に未来はないのだ。

それほどまでにオーガの数は多いのだ。

ひょっとしたら、ママゴンなら営巣地ごとオーガをやっつけてくれるかもしれない。

でもそれではダメなのだ。根本的な解決には至らない。

いずれシロウはニノリッチに帰る。シロウの仲間たちもだ。

再び森を脅威《きょうい》が襲った場合、ヅダの里を守れる存在が側にいなくてはならないからだ。

だからキルファは里に留まり、サジリと結婚することを選んだのだった。


――シロウが自分を連れ戻しに来てくれた。


その事実がキルファには堪《たま》らなく嬉《うれ》しかった。

そして、それだけでもう十分だった。

これ以上、シロウに迷惑《めいわく》をかけてはいけない。

これ以上、シロウの負担になってはいけない。

だからキルファは――

「シロウ、ボクは大丈夫。だからもう帰って欲《ほ》しいんだにゃ」

こんどこそ本当に、シロウに別れを告げた。

「そんな……キルファさんなんで？　なんでなんだよっ？」

シロウの顔が絶望に染まるなか、

「ぎゃははっ！　聞いたかよクソ只人族《ヒューム》？　キルファが帰れだってよォ」

サジリの嘲笑《ちょうしょう》だけが響《ひび》き渡《わた》るのだった。

第二〇話　重い荷物は

俺《おれ》たちはオービルへ戻ってきた。
シェスに用意された屋敷《やしき》の一室で、ベッドに倒れ込《こ》む。
「……ちくしょう」
キルファさんを救えると思っていた。
キルファさんを救ったつもりでいた。
けれども現実は——
『シロウ、ボクは大丈夫。だからもう帰って欲しいんだにゃ』
俺はキルファさんを救えてなどいなかったのだ。
あの時のキルファさんは泣きそうな顔をしていた。

『ぎゃははっ！　聞いたかよクソ只人族《ヒューム》？　キルファが帰れだってよォ』


あの時のサジリの言葉が耳に残っている。

あの時のサジリの顔が目に焼きついている。

キルファさんが自分のモノになったと、確信した笑みだった。

あれから三日が経《た》った。

明後日にはキルファさんとサジリの結婚式が開かれる。

なのに俺は、真っ暗な部屋で落ち込むことしかできないでいた。

「……ちくしょう」

悔《くや》しさと情けなさから、再びそう呟《つぶや》いた時だった。


——トントン。


扉《とびら》がノックされた。

「シロウお兄ちゃん、アイナだよ。はいってい～い？」

「アイナちゃん……？」

「カギ、あけてはいるね」

ガチャリと鍵《かぎ》が開く音がした。

扉が開かれると、俺を心配するアイナちゃんがそこにいた。

「どうし――」

どうして？　そう言うよりも先に、

「シロウお兄ちゃん、きて！」

アイナちゃんが、ベッドに寝転《ねころ》がったままの俺の手を掴む。

そしてぐいと引っ張ると、アイナちゃんは回れ右して俺を部屋から連れ出したのだ。

「うわっ⁉　ア、アイナちゃん？」

「きて！　みんながまってるの！」

「……みんな？」

アイナちゃんに手を引かれた俺は、廊下《ろうか》を渡り、螺旋《らせん》階段を下り、玄関前《げんかんまえ》の広間《ホール》へ。

そこには――

「おそいわよアマタ！」

「おバカアマタめ。姫《ひめ》さまを待たせるとは何事だ！」

仁王《におう》立ちのシェスが、柳眉《りゅうび》を逆立てたルーザさんが、

「やあシロウ君。待っていたよ」

今日もイケメンなデュアンさんが、

「主様、お待ちしておりました」

「ぱぅぱ、おはよぉ」

「フッ、アイナに手を引かれるとは情けない奴《やつ》め」

ママゴンさんとすあまが、セレスさんが、

「大将、派手にフラれたって聞いたぜ」

「およしよググイ。茶化《ちゃか》すんじゃないよ！」

ルグゥの里に戻ったはずのバレリアさんと、同じく熊獣人のググイ氏が。

それだけではない。


「旦那《だんな》！」

「遅《おそ》いぜ頭領」

「待ってたよ旦那様」

「来たな、我らが友たる只人族よ！」

犬人族《けんじんぞく》、虎人族《ハイ・ケットシー》、魔狼族《まろうぞく》、賢猿人《ショウジョウ》、妖狐族《ようこぞく》、それに猫獣人《ケットシー》まで。

多くの獣人たちが広間で俺のことを待っていた。

この状況《じょうきょう》に俺はぽかん。

どうして集まっているのかわからず、一人呆気《あっけ》にとられていると、

「シロウお兄ちゃん、ここにいるみんなはね、シロウお兄ちゃんのことをまってたんだよ」

アイナちゃんは俺を見上げ、続ける。

「シロウお兄ちゃんのこと、たすけてくれるんだって」

「俺を……助けて？」

「うん。みんなシロウお兄ちゃんにたすけてもらったでしょ？　だからそのおんがえしがしたいんだよ」

アイナちゃんの言葉が理解できない。

俺を助けるといっても、俺が助けたかったのはキルファさんだったわけで。

でもそのキルファさんは、もう助けを必要としていなくて。

混乱する俺に、バレリアさんが楽しげに笑う。

「シロウ。ウチらね、ドゥラの森に住む獣人同士で話し合ったのさ」

「獣人同士って……みんなでですか？」

「ああ。互《たが》いの里長《さとおさ》も交えてね。キルファはヅダの里を守るために、くそったれなサジリと結婚するんだろう？」

「……はい」

「どんなに優《すぐ》れた戦士がいても、一つの里で抱え込める戦士の数は高が知れている。ましてやヅダの里にはもう戦士も狩人もいないとなれば、キルファの決断は正しいんだろうさ」

「……はい」

「だからねシロウ。ウチらはドゥラの森同盟を組むことにしたんだ」

「同盟？」

訊き返す俺に答えたのは、猫獣人の青年だった。

「ああ。同盟だ主《あるじ》」

「あなたは、確か……」

「ヅダの里の狩人アジフだ。キルファの従兄弟《いとこ》でもある」

そう名乗ったアジフさんの顔立ちは、どことなくキルファさんに似ていた。

そういえばキルファさんが言っていたっけ。

里一番の狩人だったアジフさんなら、オーガでも倒《たお》せるって。

アジフさんは続ける。

「バレリア殿《どの》の呼びかけに応じ、他の里の者たちと話し合い、我らは同盟を結んだ。『森に脅威が現れたときは一致団結《いっちだんけつ》し、共に脅威を排除《はいじょ》しよう』と」

「それって……他の里を救うために共闘《きょうとう》もするということですか？」

「その通りだ主よ。如何《いか》にオーガの数が多かろうと、森の全狩人と全戦士が力を合わせれば、必ずや打ち倒すことができるはずだ」

「だから同盟を……？」

俺の問いに、アジフさんが頷《うなず》く。

「他の里を救うことが、結果として己《おのれ》の里を救うことになる。種族の垣根《かきね》を越えて手を取り合えば、より大きな力となるからだ。そしてそのことを教えてくれたのは──」

アジフさんはそこで一度区切ると、俺に微笑《ほほえ》みを向けた。

「主、貴殿《きでん》だ」

「俺？」

「ああ。主は我らを悪《あ》しき商人共から救い出してくれた。それだけではない。バレリア殿に聞いたよ。森の嘆《なげ》きに苦しむ森の獣人たちを救って回ったと。訪《おとず》れた里の獣人たちに石を投げられ、侮蔑《ぶべつ》の言葉を浴びせかけられても、それでも諦《あきら》めずに獣人を救ったと」

「いや、俺は薬を配っただけで……」

俺としては、大した事をしたつもりはない。

日本なら誰《だれ》でも買える市《し》販薬《はんやく》を配っただけだからだ。

「謙遜《けんそん》するなよ大将」

お次はググイ氏だった。

「俺たちはみんな大将に感謝しているんだ。俺の左腕《ひだりうで》が戻ってきたのだって、大将がそこの治癒師《ヒーラー》の姐《あね》さんに頼《たの》んでくれたからだろうが」

ググイ氏が、視線でママゴンさんを示す。

「いや、それこそ俺ではなくママゴンさんが――」

「全て主様のご意思です。感謝しなさい熊獣人よ」

「くくっ。だってよ大将。治した本人もこう言ってるぜ？」

「……わーお」

「俺たちは大将に救われた。俺たちだけじゃない。ここにいる連中の同胞《どうほう》も大将に救われたんだ。ならよ、こんどは俺たちの番だ。俺たちも大将を見習って、種族の垣根ってやつを越えてよぉ、団結ぐらいできなきゃいけねぇのさ」

「うむ。ググイ殿の言う通りだ。そしてオーガを倒せば我の従姉妹《いとこ》キルファを主の下《もと》へお返しすることができる」

「みなさん……」

俺はこの場に集まったみんなを見回す。

獣人たちは俺と目が合うと、その全員が力強く頷いた。

みんなの優しさに涙《なみだ》が出そうになる。

しかし――

「でも、みなさんはまだオービルから出ることができないんです。オービルの役人が街から出ることを許可してくれないんです」

「それならあたしがなんとかしたわ！」

今度はシェスだった。

仁王立ちしたシェスが、ちらりとルーザさんに目配せ。

「くっくっく。おバカアマタめ、お前が部屋にこもっている間に姫さまが大仕事をやってのけたのだ。これを見るがいいっ！」

ルーザさんは懐《ふところ》から書類を取り出すと、俺に見せつけるようにしてどーんと広げる。

「これは……解放許可……証？　え？　え？　待ってシェス。これって――」

「デートいっかい」

「へ、でーと？」

「あのオービル四世とデートをすることをジョーケンに、獣人たちをカイホーさせたのよ！」

シェスが真っ赤な顔で言う。

「はい？　どゆこと？」

「そ、それは……ああもうっ。アイナ、あたしのかわりにセツメーして！」

「はーい。シロウお兄ちゃん、シェスちゃんはね――……」

アイナちゃんの説明をざっくりまとめると、こんな感じだった。

まずアイナちゃんの発言により、オービル四世が自分に片想《かたおも》い中なことを知ったシェス。

ならばとばかりに、シェスは自分をエサにして、オービル四世に街から出ることを許されない獣人たちの解放を――つまりは自由を約束させたのだという。

デート一回と引き換《か》えにして。

そしてルーザさんがドヤ顔で掲《かか》げている書類こそ、獣人たちの解放を認めるオービル四世の直筆の書類だったのだ。

「たいへんだったのよ。あの宰相《さいしょう》にみつからないようにかかせるのは」

「そんなことが……。シェス、ありがとう！」

「おれいなんていらないわ。そもそも『獣人をたすけたい』といったのはあたしだしね。それにアマタはいつもあたしのワガママにつきあってくれるでしょう？　あたしだって、たまにはアマタの役にたちたいのよ」

「シェス……」

真っ赤な顔のシェスが、恥《は》ずかしさからぷいとそっぽを向く。

ヤバイ。気を抜《ぬ》くと本気で涙出ちゃいそう。

最後はバレリアさんだった。

「シロウ、なんでもかんでも一人で背負《せお》い込むんじゃないよ。重たい荷物は全員で分け合えばいいのさ。それに――」

バレリアさんはからかうように笑い、

「シロウの腕《うで》は細いんだ。無理に一人で持ち上げようとしなくていいんだよ」

この発言はみんなに――特に獣人たちのツボに入ったらしい。

獣人たちは腹を抱えて大笑い。

でも、そこに嫌《いや》みな笑いはない。

全員が一人で抱え込むなと。仲間を、自分たちを頼《たよ》ってくれと笑っていた。

それは、いつか俺がシェスに伝えた言葉に似ていた。

しっかし、俺のもやしっぷりで、こんなにも笑いが取れる日がやってくるなんて、学生プロレスに興じていた時は思いもしなかったじゃんね。

「行こうぜ大将」

「主、行きましょう」

「行くよシロウ。オーガをぶっ倒してウチら全員でキルファを説得しようじゃないか」

——全員で説得。

バレリアさんが何気なく放ったそのひと言が切っ掛《か》けとなった。

「……そう。そうだよ。俺はどうしてキルファさんを説得できるなんて思い上がっていたんだ？」

脳内にキュピーンと稲妻《いなずま》が走る。

キルファさんを説得できるとしたら、それは俺ではなく——

「ママゴンさん！」

「何でしょう主様」

「いまから無茶なお願いをしてもいいですか？」

真っ直ぐにママゴンさんを見つめる。

ママゴンさんが優しく微笑みを返す。

「もちろんです。何なりとご命じ下さい」

「ありがとうございます。それじゃあ――……」

俺の無茶な頼みを、ママゴンさんは快く引き受けてくれたのだった。

幕間《まくあい》

二つの満月が夜空に浮《う》かんでいた。

もう結婚式がはじまる。

キルファはナハトの里にいた。

次期里長であるサジリの花嫁《はなよめ》なのだからと、式はナハトの里で行われることになったからだ。

「キルファ、行きましょう」

「…………うん」

キルファに宛行《あてが》われた部屋。

花嫁の待機部屋として用意された一室に、キルファの母が迎《むか》えに来る。

「とっても綺麗《きれい》よ」

キルファの姿を見た母が顔をほころばせる。

動きやすい服装を好むキルファだが、この日の自分は花嫁。

慣れない紅をさす。

頬《ほお》にも赤い塗料《とりょう》で呪《まじな》いの紋様《もんよう》を描《か》き、猫獣人《ケットシー》伝統の衣装《いしょう》に身を包む。

花嫁を母が呼びにくるのも古くからのしきたりだ。

その母が来たということは、もう少しで、あと少しで、自分はサジリの妻となってしまう。

「お母さんの若い頃《ころ》にそっくりね」

冗談《じょうだん》めかして母が言う。

わかっている。わかっているとも。

望まぬ男の妻となることを強《し》いられた娘《むすめ》に、気休めでもいいから母として何か言葉をかけてあげたかったのだろう。

里を飛び出した一三の頃とは違《ちが》い、キルファはもう子供ではない。

だからそんなことはわかっているのだ。

「あなたの夫となる人が待っているわ。お母さんについてきなさい」

「…………うん」

母に先導され部屋を出た。

里中の木々を繋《つな》ぐようにして張り巡《めぐ》らされた吊《つ》り橋《ばし》。

キルファは母の案内の下、吊り橋を渡り、階段を下りる。
ヅダの里に比べると、ナハトの里は何倍も大きい。
他の里が苦しみ喘《あえ》ぐなか、よくもまあ、ここまで里を大きくできたものだ。
結婚式《けっこんしき》は里の広場で行われる。
広場にはナハトの里の者と、ヅダの里の者が集まっていた。
夫となる者はその力を示すため、来客に食べ物と酒を振る舞《ふま》わなくてはならない。
食べ物と酒を振る舞い、二人が夫婦《ふうふ》となる瞬間《しゅんかん》を見届けてもらうのだ。

広場に着いた。
多くの猫獣人が見守っていた。
広場の中心にサジリがいた。ここから三〇歩ほどの距離だ。
目が合う。サジリが嗤《わら》う。すぐにキルファは視線を下に向けた。
サジリの顔など見たくなかったからだ。

「あの娘がヅダの里の？」
「そうだよ。あれがヅダの里長の孫娘《まごむすめ》さ」

「サジリ様の妻となるのに、なんだあのふて腐《くさ》れた顔は？」

「態度が悪いねぇ」


結婚式に集まった五〇〇もの猫獣人たちがキルファを見ていた。

あれが花嫁かと。

あれがサジリの妻になる者かと。

あれが只人族に唆《そその》かされた愚《おろ》か者かと。

「さあ、行きなさいキルファ」

「…………うん」

母がキルファの背を押《お》した。

キルファは一歩、また一歩と広場の中心で待つサジリのもとへと歩いていく。

「待ってキルファ！」

母が呼んだ。

「……んにゃ？」

振り返る。

母は哀《かな》しい顔をして、

「……ごめんね」

小さく詫《わ》びた。

「ううん。ボクならへーきだよ」

「……うん。うん」

母の目に涙が浮かんでいる。

娘の幸せを喜ぶ涙ではない。

大切な娘なのに、それでもどうしようもなくて。

仕方なく差し出さなければならないからだ。

母の涙は、己を責めるが故《ゆえ》に溢《あふ》れ出てしまったのだろう。

「行くね。かーちゃん、ありがとにゃ」

キルファは母に微笑み、そして前を向く。

サジリが待っていた。

一歩、また一歩と歩いていく。


——もし待っているのがシロウなら、五歩で隣《となり》まで行ってみせるのににゃー。

足取りが重い。

一歩、また一歩。


――うん。へーきにゃ。ボクはへーきにゃ。


己に言い聞かせる。

一歩、また一歩。

どれほど足取りが重かろうと、進む限りはいつか辿《たど》り着く。

「ずいぶんとゆっくりだったなァ」

サジリの隣に着いた。

「そんなに俺様の妻となるのが嫌《いや》か？　それとも喜びを噛《か》み締《し》めながら歩いていたのかよオ？」

「……」

キルファは答えない。

前を向き、正面に立つ老齢《ろうれい》の司祭を見つめる。

「チッ」

舌打ちし、サジリも司祭の方を向いた。

「これよりナハトの里のサジリと、ヅダの里のキルファの婚儀《こんぎ》をはじめる」

重々しい司祭の言葉が広場に響く。

「ドゥラの森に宿りし神。その代弁者たる司祭の名の下に、ナハトの里のサジリとヅダの里のキルファを夫婦とすることを――……」

司祭がなにか言っている。

けれどもキルファの耳にはまるで入ってこなかった。


――早く終わって欲しいにゃ。


シロウに別れを告げた。

迎えに来たシロウに別れを告げた。

ニノリッチに居た頃は、あんなにも世界がキラキラしていたのに。

なのに、いまでは目に映る全てが灰色一色になってしまった。

「では森の神に夫婦となる誓《ちか》いを示すため、口付けを」

司祭が何か言っている。

「おいキルファ。……チッ。こっちを向け」

ぐいと肩《かた》を掴まれた。

無理矢理《むりやり》に体の向きを変えられる。

眼の前にサジリの顔があった。

「さあ、口付けを」

司祭が何か言っている。

サジリの顔が近づいてくる。

そこではじめて口付けされるのだとわかった。


——早く終わって欲しいにゃ。


キルファが諦めから目を閉じようとした、その瞬間——

「ちょーーーっと待ったぁぁぁーーーーーーっっっ!!!」

シロウの声が聞こえた。

第二一話　乱入

ギリだった。
マジでギリギリだった。
俺たちがナハトの里に着いた時、広場では結婚式が行われていた。
そしてサジリがキルファさんにキスを迫《せま》る光景が視界に入った、その瞬間——
「ちょーーーっと待ったぁぁぁーーーーーっっっ!!!」
咄嗟《とっさ》に叫《さけ》んでいた。
全身全霊《ぜんしんぜんれい》のちょっと待ったコールだ。
広場に集まっていた何百人という猫獣人《ケットシー》がこちらを振り返る。
キルファさんも振り返り、俺と目が合った。
「シロウ……」
不安そうな、泣きそうな、そんな顔だった。
だから俺は真《ま》っ直《す》ぐにキルファさんを見つめる。

「キルファ、迎えにきたよ！　こんどこそ俺は迎えにきたんだ！」

「シロウ……でもボクは――」

「チッ。キルファ、お前は黙《だま》ってろ！」

「あっ……」

サジリが、俺と話すな、とばかりにキルファさんを突《つ》き飛ばす。

「おいクソ只人族《ヒューム》……お前はこの状況がわからねぇのかよォ？」

「状況？　あー、力を振りかざしたクズ野郎《やろう》が、弱《よわ》みを握《にぎ》り交換《こうかん》条件でキルファに無理やり結婚《けっこん》を迫っているこの状況のことですか？　いやー、ここまで祝福できない結婚式も珍《めずら》しいですよね。で、その状況がどうかしたんですか？」

「んだとぉ!?」

俺の挑発《ちょうはつ》に青すじを立てたサジリが、どんと踏《ふ》み出す。

結婚式を見届けるために集まっていた猫獣人たちが左右に割れ、俺とサジリの間に道を作った。

「……言葉に気をつけな。じゃないと今度こそぶっ殺すぜ？」

サジリが肩を怒《いか》らせ凄《すご》んでくる。俺とサジリの距離《きょり》は二〇メートルほど。

これが二メートルぐらいだったら、マジで殺されていたかもしれない。

「キルファは俺様のモノだ。お前はフラれただろうがよ。帰れってよォ。それがわからねェのかァ？」

「なーに言ってるんですか。キリファが俺に帰れって言ったのは、俺のことを大切に想《おも》っているからこそですよ。女性をモノ扱《あつか》いし、脅迫《きょうはく》でもしないと結婚できないような、どっかの情けない男と違ってね！」

「お前ッ！」

さらに挑発を重ねる。

堪忍袋《かんにんぶくろ》の緒《お》が切れかかっているのか、俺をすんげぇ睨《にら》んでいる。

「待ってにゃシロウ！」

殺気立つサジリに危険を感じたのか、キルファさんが間に入る。

キルファさんは俺を見つめ、懇願《こんがん》するように。

「ボクはサジリと結婚するの。もう放っておいて欲《ほ》しいんだにゃ！」

「それは森にオーガがいるからですか？」

「オーガもそうだけど……それだけじゃないんだにゃ。オーガを全部やっつけても、またドゥラの森に危険なモンスターが現れたら、ボクたちヅダの里だけじゃ戦えないんだにゃ。どーしようも……ないんだにゃ」

「だから、好きでもないサジリと結婚するんですか」

「………うん」

キルファさんが弱々しく頷く。

「ハッ。聞いたなクソ只人族？　キルファは俺様《おれ》と結婚するんだ。自分の意思で俺様と結婚するんだよ。力を示せない貧弱《ひんじゃく》なお前と違い、俺様がいればどんな脅威《きょうい》からでも里を守ってやれるからなァ」

嘲《あざけ》るようなサジリの言葉に応えたのは、

「ならその脅威ってやつは、ウ、チ、ら、が払《はら》ってやろうじゃないか」

バレリアさんだった。

次いで熊獣人《くまじゅうじん》の戦士、総勢三〇名が広場に姿を現す。

その先頭に立つのはバレリアさん。

この日のルグゥの戦士団は、出会った時の野性味溢れる出で立ち《いでたち》とは違い、全員が革製《かわせい》の鎧《よろい》を身につけている。

そして手には手斧《ハンドアクス》や戦棍《メイス》、連接棍《フレイル》といった得物が握られていた。

生活のために売らざるを得なかった装備品を俺が買い戻《もど》したため、フル装備での登場だ。

その勇ましい戦士団の姿に、成り行きを見守る猫獣人たちがざわつきはじめる。

けれども、サジリだけは嘲るように。

「あぁん⁉　熊獣人の戦士団如《ごと》きがオーガを滅《ほろ》ぼすってのかよ。それっぽっちの数で何ができるってんだァ？」

「噛みつくばかりで辛抱《しんぼう》が足りないねぇ。安心おしよ。ウチらだけじゃないからさ」

サジリの挑発なんて何処《どこ》吹《ふ》く風《かぜ》。

バレリアさんの言葉を合図に、他の獣人たちも姿を現しはじめた。

犬人族の槍《やり》使い。魔狼族の剣士《けんし》隊。虎人族の兵団に、賢猿人の精霊《せいれい》使いと妖狐族の妖術《ようじゅつ》使い。

そこに、

「キルファ！　我らヅダの狩人《かりゅうど》もいるぞ！」

ヅダの里一の狩人、アジフさん率いる狩人衆も加わる。

「アジフ兄ちゃん！」

数年ぶりの従兄弟《いとこ》との再会に、キルファさんが目を丸くする。

次々と広場に集まる獣人の戦士たち。

「どうだい。大したもんだろう？」

バレリアさんがサジリにドヤ顔を披露《ひろう》。でも、それも当然。

なぜなら三〇〇人を超える戦士たち、『ドゥラの森同盟』がこの場に集まったからだ。

様々な種族からなる戦士団。けれどもその結束はなによりも固い。

さしものサジリもこれにはびっくり。

サジリだけではない。結婚式に集まった猫獣人たち全員が驚《おどろ》いていた。

「シロウ、阿呆《あほう》な長尻尾《ケットシー》共に言ってやりな」

バレリアさんがくすりと笑う。

「はい」

俺は猫獣人たちを見回し、口を開く。

「ご覧の通り、ドゥラの森に住まう里同士で同盟を結びました。オーガに――いえ、あらゆる森の脅威と一致団結して戦うために」

俺の言葉を聞いた猫獣人たちはざわざわと。

「ここに集まったのは、種族の垣根を越《こ》えて森の脅威と戦う戦士たちです。その中にはヅダの里の狩人もいます」

ヅダの里出身の狩人たちが相づちを打つ。

視界の端《はし》で、狩人たちの帰還《きかん》に涙を流すヅダの里長が見えた。

「同じ森に住む同胞である以上、種族は関係ありません。だからこの同盟には――」

俺はヅダの里長を見つめ、続ける。

「ヅダ、ナハトの両里も含《ふく》まれます」

三度猫獣人《みたびケットシー》たちがざわざわと。

「そ、その話は真《まこと》か？　シロウ、我らヅダも里も護《まも》って貰《もら》えるのか？」

そう訊《き》いてきたのはヅダの里長だ。

答えたのはアジフさんだった。

「そうだともババ様。バラバラだったドゥラの森を、主《あるじ》が——シロウ殿が一つに纏《まと》め上げてくれたのだ」

「なんと……」

ヅダの里長の目が見開かれる。

以前、熊獣人の縄張りで狩《か》りをしてしまったため、ヅダの里は他種族からの信用を失ってしまった。

でも、それがどうだ？

ドゥラの森同盟は、森に住まう全ての者を護ると言った。

同盟の戦士団にはヅダの狩人衆もいる。

共に戦い、共に護り、共に生きるために。

「キルファ」

俺はキルファさんを見つめた。

「シロウ……」

キルファさんも俺を見つめていた。

「凄いでしょ？　みんなすっごく強くてね、オーガなんてすぐにやっつけてくれるよ」

「……」

「ドゥラの森は一つになったんだ。もう、オーガに怯《おび》える必要はないんだよ」

「……」

「だから、嫌《きら》いなサジリと結婚なんかしなくていいんだ。キルファが我慢《がまん》して、里のために犠牲《ぎせい》になる必要はないんだよ。それに――」

俺は一度区切ると、意地悪な笑《え》みを浮かべ、

「キルファが帰ってこなかったから、みんな怒ってるんだよ？」

「……え？」

「ねー？　そうだよね、みんな？」

背後を振り返る。

返事はすぐにあった。

「キルファお姉ちゃん！　いっしょにかえろうよ！」

「キルファ！　いいかげんもどってきなさいよね！」

まずアイナちゃんとシェスが、

「そうだぞキルファ。お前が戻らねばひめ――お嬢《じょう》さまが悲しむのだ」

「やあ、キルファ嬢。シロウ君と共に迎えに来たよ」

続いて、おっちょこちょいなルーザさんとイケメン騎士《きし》のデュアンさんが、

「うふふ。主様が望む以上、拒《こば》もうが無理やりにでも連れ帰らせてもらいますね」

「きるふぁー、かぇりょー？」

「自由になりたくば勝ち取れ。それが戦士の矜持《きょうじ》というものだろう」

ママゴンさんとすあまにセレスさんが――仲間たちが、広場に姿を現した。

「みんにゃ……」

二度と会えない、とでも思っていたのだろう。

じわりとキルファさんの目に涙が浮かぶ。

「キルファ、帰ろう。みんなと一緒《いっしょ》に帰るんだ！」

「でも……でもねシロウ。ボクは……ボクはシロウを……」

それでもまだキルファさんは躊躇《ためら》っていた。

ならば、もう一押《ひとお》し。あと一押し。

俺は、とっておきの切り札を用意してきたのだ。

キルファさんを連れ戻すために集まったのは、共にオービルまできた仲間だけではない。

「あんちゃんの言う通りだぜキルファ。さっさとニノリッチに帰ろうぜ」


親しみに満ちた声だった。

「っ……。ライヤー？」

「おう。おれだよ。蒼《あお》い閃光《せんこう》のリーダー、ライヤー様だ」

現れたライヤーさんは悠然《ゆうぜん》としていた。

ここにいるはずのないライヤーさんを見て、キルファさんがぽかんとする。

「どうして……どうしてライヤーがここにいるにゃ？」

「あんちゃんがおれたちを迎えにきたんだ。ママゴンに乗ってよ。『キルファさんが蒼い閃光を抜けようとしているから、一緒に説得してください！』ってな。すんげー必死な顔だったぜ。なら、あんちゃんと一緒にお前を引き留めるのがリーダーであるおれの役目だろうが」

「ライヤー……」

「やいキルファ。そう簡単に蒼い閃光を抜けられると思うなよ？」

にやりと笑うライヤーさん。

戦友との思わぬ再会に、キルファさんの頬を涙が伝いはじめた。

「……んにゃ？　いまたちって言ったにゃ？」

「おう。言ったぜ。あんちゃんに連れてこられたのはおれだけじゃねぇよ」

「………ライヤーがいるなら、当然わたしもいる」

ライヤーさんの背後から、ネスカさんがひょっこり顔を出す。

「ネスカ！」

「キルファ殿《どの》、私もいますよ」

「ロルフまで！」

ライヤーさん、ネスカさん、そしてロルフさん。

そう。俺はキルファさんを説得するため、ママゴンさんに頼《たの》み蒼い閃光のメンバーを呼び集めたのだ。

『行くよシロウ。オーガをぶっ殺してウチら全員でキルファを説得しようじゃないか』

一昨日のバレリアさんの言葉。

あの言葉で、キルファさんを連れ戻すには誰《だれ》が必要なのかを思い出したのだ。

キルファさんを引き留めるのは俺ではない。

何年も苦楽を共にした『蒼い閃光』こそが相応《ふさわ》しい。

「にゃんで……にゃんでボクなんかのために、みんな集まってくれるにゃ？」

「んなの決まってるだろ。お前が、おれたちの仲間だからだよ」

「っ……。ひぐっ……ふぐぅ」

ライヤーさんの言葉が、キルファさんの心のグッとくる部分に突き刺《さ》さったようだ。

涙腺《るいせん》は秒で決壊《けっかい》し、嗚咽《おえつ》と共に涙《なみだ》の勢いが増す。

「………キルファ、泣くのは早い」

むすっとした顔のネスカさんが口を開く。

「………もう少しでライヤーがわたしの両親にあの話を切り出すところだった。なのに、いいところでシロウが迎えに来た」

ネスカさんが頬を膨《ふく》らまして怒っていた。

たぶんだけれど、『あの話』とやらは「娘さんを下さい」的な通過儀礼《ぎれい》のことだと思う。

愛し合う二人にとっては、ある意味人生の一大イベントだ。

「………これも全部あなたのせい。ニノリッチに帰ったら三日三晩説教するから覚悟《かくご》して。だから、泣くならその時に」

ネスカさんの目がマジだ。あの目は絶対に三日三晩説教するつもりの目だ。

ネスカさんは、やると言ったら必ずやるのだ。

「はっはっは。叱《しか》る役目をネスカ殿に取られてしまいましたな。では私は、三日三晩叱られたキルファ殿の疲《つか》れを癒《いや》すため、回復魔法《まほう》をかける役目を引き受けましょう」

「そんじゃ、おれはその後でキルファを飲みに誘《さそ》う役を任されようかねぇ。あんちゃんも呼んでよ」

「名案ですな。その時は私も同席させてもらいましょう」

「………わたしも行く」

朗《ほが》らかに笑うロルフさん。

こんな状況《じょうきょう》でも飲み会を計画するライヤーさん。

未《いま》だにむすっとしているネスカさん。

蒼い閃光の仲間たちは、誰一人《だれひとり》としてキルファさんがいなくなるなんて考えていなかった。

キルファさんがニノリッチに帰ると、当然のように話していた。

「みんにゃ……みんにゃ……」

キルファさんが泣いていた。

何度も何度も目元を拭《ぬぐ》ってはいるが、涙は一向に止まらない。

俺は一歩前へ。

「キルファさん」

いつもと同じように、キルファさんの名を呼んだ。

そして手を伸《の》ばし、

「帰りましょう。ニノリッチに」

瞬間、

「――うんっ！」

キルファさんが駆《か》け出した。

「お、おいキルファ……待てよオイ！　行くなっ!!」

サジリが必死の形相で呼び止める。

けれどもキルファさんは止まらない。

けっこうな距離があったはずなのに、たったの五歩で距離を詰《つ》め――

「シロウ！」

「うわぁっ⁉」

俺に抱《だ》き着いてきた。

勢いあまって倒《たお》れそうになる。だが、ここで倒れてはかっこがつかない。

がんばれ俺の両足。そしてインナーマッスル。

もやしだけれど、俺だって男の子。

抱き着いてきた女の子を受け止められないでどうする？

「ふんっ！」

なんとか踏ん張り、弾丸《だんがん》よろしく抱き着いてきたキルファさんを受け止める。

「シロウ！　シロウッ！」

「……キルファさん、お帰りなさい」

「うんっ！」

俺はキルファさんを隣に下ろし、サジリに視線を向ける。

「お前ぇ！　お前ぇぇぇっ‼」

サジリは憤怒《ふんど》の形相で俺を睨みつけていた。

そんなサジリを見て、ライヤーさんが悪戯《いたずら》小僧《こぞう》みたいな笑みを浮かべる。

「あいつがキルファの元許嫁《いいなずけ》か。性格悪そうな顔してんなぁ」

「あぁっ!? なんつったクソ只人族がぁ！」

「おお、怖《こえ》ぇ怖ぇ。あんちゃん、あの野郎に一発カマしてやんな」

「おっす！」

ライヤーさんに促《うなが》され、俺はサジリを見据《みす》えた。

そして——

「サジリ、はじめてあなたと会ったとき、あなたはこう言いましたよね？『力を示せ』と」

「だったらなんだよォッ？」

俺は背後を振り返る。

三〇〇以上からなるドゥラの森同盟を、ふんすと鼻息の荒《あら》いアイナちゃんたちを、仲間のために集《つど》った蒼い閃光を、そして隣で俺の腕《うで》を胸に抱いているキルファさんを見つめ、頷《うなず》き合う。

そして視線をサジリに戻し、

「これが俺の力です」

生涯屈指《しょうがいくっし》のドヤ顔をキメてやった。

第二二話　決戦

「クソが！　クソが‼　クソ只人族《ヒューム》がァッ‼」

悔《くや》しさからか、それとも怒《いか》りからか、サジリが頭を掻《か》きむしる。

「キルファ、お前本気か？　本気で俺様じゃなくそのクソ只人族を選ぶのかよッ？」

サジリが叫ぶようにして、キルファさんに問いかける。

けれどもキルファさんが言葉を返すよりも先に、

「あいつなに言ってんだ？　端《はな》からキルファに選ばれちゃいねぇのによ」

ライヤーさんが呆《あき》れ顔でツッコミを入れる。

「しーっ。ライヤーさん、しーっ。そゆこと言っちゃダメですよ」

「…………シロウの言う通り。ライヤー、本当のことを言ってはダメ」

「そうですよライヤー殿。あの御仁《ごじん》は失恋《しつれん》したばかりなのですから」

「黙れ黙れ黙れ！　黙れクソ只人族共がっ。俺様はキルファに訊いているんだ！」

ライヤーさんたちとの掛《か》け合いに、サジリがブチ切れている。

髪《かみ》を振《ふ》り乱し、鬼《おに》の形相で。

「答えろキルファ！　猫獣人のお前がクソ只人族を選ぶのかっ⁉」

「そうにゃ。ボクはシロウを――ここにいる仲間たちを選ぶにゃ」

キルファさんの回答に、サジリが肩を震《ふる》わせる。

「……そうかよ。そうかよ。なら……ヅダのクソ共がオーガに殺されても泣くなよ？　『ドゥラの森同盟』だァ？　『脅威と戦う』だァ？　ハッ！　寄せ集めのクズ共がいくら集まったところでオーガに勝てるって保証はねぇんだぞ！」

「それはオーガを操《あやつ》っているのが……サジリ、あなただからですか？」

「っ⁉」

俺の言葉に、サジリの目が大きくなる。

「……んだぁ？　俺様がオーガを操るだァ？　クソ只人族がなにバカなことを――」

「俺の仲間が調べてくれたんですよ。支配の魔法が付与《ふよ》された魔道具《マジックアイテム》、『支配の首輪』を大量に入手している猫獣人がいることをね」

「っ……」

「そうですね、デュアンさん？」

俺の言葉にデュアンさんが頷く。

「ああ。支配の首輪を禁忌《きんき》指定としている国は多いからね。そんな魔道具を作る工房《こうぼう》なんて、周辺諸国を見回しても数えるほどしかない。表と裏を合わせてもね。特に今回は、モンスターのサイズに合わせた特注品だ。工房を探し当てるのは簡単だったよ」

『支配の首輪』について調査していたデュアンさん。

オービルの宰相《さいしょう》をはじめ、大商人のほとんどが自前の兵団に『支配の首輪』を使用していたこともあり、流通経路を探《さぐ》るのは難しくなかったそうだ。

そして他国の錬金術師工房《れんきんじゅつしこうぼう》から、オービルに密輸入された『支配の首輪（特注品）』の流れを探るうちに、不自然な点に気づく。

支配の首輪の一部は宰相のマガト氏が。およそ五割をオービルの商人連盟が。

そして残りの四割近くを、別の第三者が手にしていることに。

その第三者の正体こそが――

「サジリ君、君がオービルの商人連盟から特注品である『支配の首輪』を受け取っていたことは、もう調べがついているよ」

デュアンさんが背負っていた『支配の首輪（オーガ用）』を掴《つか》み、サジリに突きつける。

イケメンだからキマっているけれど、実はこの事実が判明したのは今朝のことだったりする。

なので、オーガを操っていたのがサジリだったことを知るのは、まだデュアンさんと俺だけなのだ。

「……」

サジリは答えない。だが、怒りに染まったその顔は、デュアンさんの話が事実であることを雄弁《ゆうべん》に語っていた。

オーガの襲撃《しゅうげき》がサジリのマッチポンプであったことを知り、

「そんにゃ……オーガを操ってたのがサジリだったにゃんて……。どうしてにゃ？　どうしてそんなことをしたにゃ？」

キルファさんは呆然《ぼうぜん》と。

「サジリ殿！　そこの只人族の話は真か？　……答えよ。答えよサジリ殿！」

ヅダの里長《さとおさ》は糾弾《きゅうだん》するようにして。

それぞれがそれぞれの想いを胸に、サジリの言葉を待っていた。

やがて——

「……ハッ。ハハッ。ギャーーッハッハッハ!!　そうだよ。オーガ共を操っていたのは俺様よォ！」

開き直ったかのように、サジリが語りはじめた。

「俺様はオービルのクソ商人共と取引したのさ。食い物や薬にカネ。それらと引き換《か》えにオーガで他の里を襲《おそ》ってやるってよォ」

このサジリの発言に、

「……なんだって？　あんたがオーガを――もう一度言ってみな！」

バレリアさんの目つきが鋭《するど》くなる。いや、バレリアさんだけではない。

ググイ氏もアジフさんも、ドゥラの森同盟も、ヅダの里の猫獣人までもがサジリを睨みつけていた。

「何度でも言ってやるよ。オーガ共を操り里を襲わせていたのはこの俺様だァ！」

サジリの高笑いが響《ひび》く。

ナハトの猫獣人たちも、まさかオーガを操っていたのがサジリだとは知らなかったようだ。

あからさまに動揺《どうよう》を見せていた。

「オービルのクソ共が獣人の奴隷《どれい》を欲しがっていてなァ。俺様に取引を持ちかけてきたのよォ」

サジリは得意げに語った。

数年前、オービルの商人連盟の使いを名乗る男が、サジリの下《もと》を訪ねてきた。

支配の首輪をつけたオーガと、それを操る魔道具《マジックアイテム》を使い他の里を襲えば、必要な物資と金銭を提供する、と。

サジリが言うには、なんとオーガの群れもオービルの商人が用意したのだという。

つまり、森の生態系に組《く》み込《こ》まれていなかったオーガを、オービルの商人連盟とサジリが招き入れたことになる。

サジリはこの取引に飛びついた。

嬉々《きき》としてオーガを操り、他の里を襲い、困窮《こんきゅう》させ、獣人たちがオービルに出稼《でかせ》ぎに行かざるを得ない状況を作り出したのだ。

オービルでは獣人が酷使《こくし》され、代わりにナハトの里だけが大きくなっていく。

この事実には俺も驚くしかなかった。

「そんな身勝手な理由で他の里を襲ったというんですか？」

声が震えているのが自分でもわかった。

そんな俺を睨み、サジリが嗤《わら》う。

「バーカ。誰がクソ商人共の言いなりになるかよ」

そう言うとサジリは懐《ふところ》から短杖《ワンド》を取り出した。

淡《あわ》く光る短杖を掲《かか》げ、叫ぶ。

「来いオーガ共！　狩りの時間だァ!!」

次の瞬間《しゅんかん》——

『『ガアァァァーーーーッッッ!!』』

オーガたちの咆哮《ほうこう》があちこちから聞こえた。

森の木々をなぎ倒し、ナハトの里にオーガの群れが現れた。

サジリが掲げた短杖こそが、オーガに指示を出す魔道具なのだろう。

予期せぬオーガの出現に、非戦闘員《ひせんとう》である猫獣人たちが蜘蛛《くも》の子を散らすようにして逃《に》げていく。

一方で、

「くそったれなオーガ共を迎《むか》え撃《う》つよ！　戦闘準備！」

「「応ッ!!」」

ドゥラの森同盟の戦士団は、バレリアさんの号令のもと臨戦態勢に入った。

『ガアァァッ！』

『グウォォォ!!』

『フーッ！　フーッ！』

オーガは一体、また一体と現れ、サジリの後方に集まっていく。

数が多い。

ひょっとしなくても、ドゥラの森同盟の戦士団よりオーガの方が多いぞこれ。

「……凄い数だにゃ」

隣《となり》のキルファさんがごくりと喉《のど》を鳴らす。

ライヤーさんから借りたダガーを逆手に構え、現れたオーガたちを警戒《けいかい》している。

「見ろ！　俺様の軍団をよォ！　オーガの大軍団をよォ‼」

数百というオーガを従えたサジリ。

「どうだキルファァ？　すげェだろ？　これだけのオーガがいれば、オービルの街を滅ぼすことだってできるぜェ！」

「滅ぼす、ですって？」

「そうともよォ！」

俺の言葉にサジリが頷く。

「俺様がクソ只人族のクソ商人共の言いなりになるわけがねェだろ。あのバカ共に気づかれないように、俺様は密《ひそ》かにオーガに子を産ませ数を増やしていたのよォ。いつかオービルを――クソ只人族が暮らすあの街をオーガの軍団で滅ぼすためになァ！」

この場に呼び寄せたオーガの群れは数百体。

獣人たちの里を襲うだけなら、これほどの数はいらない。

けれどもサジリはオーガを繁殖《はんしょく》させ増やし続けた。

その目的は――

「オービルを滅ぼし、俺様が王になる。猫獣人《ケットシー》の国をつくり、この俺様が王になるんだ！

オーガ共はそのための兵隊だァ！」

サジリは王になろうとしたのだ。

猫獣人の国を築き、その王に。

「キルファ、これが最後の忠告だぜ」

「サジリ……」

「俺様の下に来い。俺様の妻になり、俺様がつくる国の王妃《おうひ》となれ。お前が俺様の妻にな
れば、ヅダの里だけは襲わないでおいてやる」

サジリがキルファさんを見つめる。

キルファさんは、一度俺《おれ》を見つめ、視線をサジリに戻し、そして――

「ぜーったいにお断りにゃっ！」

あっかんべーをした。

まるでエミーユさんがするような、壮絶《そうぜつ》なあっかんべーだった。

「チッ、そうかよ。俺様のモノにならないのなら――――」

サジリが短杖を掲げ、俺たちに向けて振り下ろす。

「お前も死ねよォ！　オーガ共、あいつらを殺せェ！　皆殺《みなごろ》しだァ!!」

『『『グガァァァァァッ!!』』』

支配者の言葉により、オーガがこちらを敵と認識《にんしき》した。

「さーて。そんじゃ蒼い閃光の休暇《きゅうか》は終わりだ。ひと仕事するか」

ライヤーさんが鞘《さや》から剣《けん》を抜《ぬ》き、それを合図にネスカさんは杖を、ロルフさんはメイスを構える。

ドゥラの森同盟の戦士団も準備はバッチリ。

あとは――

「そんじゃあんちゃん、いっちょ号令を頼むぜ」

「へ？　俺がですか？」

「当然だろ。ここにいる連中はよ、みんなあんちゃんが集めたんだろ？」

「そゆことに……なるのかな？」

「なるだろ。なら号令を出すのはあんちゃんの――リーダーの役目だぜ」

からかうようなライヤーさんの言葉に、

「その只人族の言う通りだよ。シロウ、ウチらに号令を出しとくれ。シロウはウチらドゥラの森同盟の長なんだからね」

「それ、俺はじめて聞いたんですけれど？」

「まぁまぁ、大将、そう言わずにいっちょ頼まぁ」

「主、我らに指示を」

バレリアさん、ググイ氏、アジフさんたちを筆頭に、戦士団全員がうんうんと頷く。

どうやら戦士団の全員が俺をリーダー扱《あつか》いしているようだ。

「……わかりました。では、不肖《ふしょう》ながら尼田士郎《あまたしろう》、突撃《とつげき》の音頭《おんど》を取らせていただきます」

オーガが迫《せま》るなか、俺はコホンと咳払《せきばら》い。

迫りくるオーガを――そして短杖を掲げるサジリを見据え、

「総員……突撃ぃーーーっ！」

ノリと勢いで突撃を号令。「突撃」だなんて、人生で一回は言ってみたいセリフじゃんね。

これに、

「「「応ッ!!」」」

戦士団が力強く応え、

「おれたちもやるぜロルフ！　ネスカは魔法で援護《えんご》を頼む！」

「…………ん、わかった」

「ライヤーボクは？　ボクは？」

「キルファはあんちゃんの護衛だ。迷惑《めいわく》かけたんだ。しっかり護れよ？」

「りょーかいだにゃ！」

蒼い閃光がフォーメーションを確認《かくにん》。

そして戦いがはじまった。

キルファさんは俺《おれ》の護衛。

ママゴンさんとすあまの不滅竜母娘《ふめつりゅうおやこ》は、戦士団《みんな》の回復係に。

アイナちゃんとシェスの護衛は、セレスさんが受け持ってくれるそうなので、

「ルーザ！」

「ハッ。なんでしょうひめ——お嬢さま？」

「ルーザ、あなたもオーガとたたかってきなさい」

「はい？　で、ですが私はお嬢さまの護衛を——」

「あたしのことならセレスがまもってくれるわ。それと……いまならオーガをたおすごと

にキンカをあげるわよ？」

「っ⁉　き、金貨をですかっ？」

「どう？　やるの？　やらないの？」

「セ、セレス殿！　お嬢さまがこう仰《おつしや》っているが、貴殿《きでん》にお嬢さまの護衛を任せても良いのだろうか？」

「フッ。オーガと戦ってもつまらぬだけだからな。アイナ共々シェスフェリアのお守《も》りは私に任せておけ」

「よ、よし！　では任せたからな。任せたったら任せたからなっ。私は金貨――じゃなくてオーガを倒してくるからな！」

「ルーザお姉ちゃん、がんばってー！」

的なやり取りを経て、

「ふはははっ！　覚悟しろ金貨――じゃなくてオーガめっ！」

「ルーザ嬢は面白《おもしろ》い女性《ひと》だね。さて、ならば僕《ぼく》も共にいこう！」

ルーザさんとデュアンさんも、オーガとの戦いに参戦。

騎士同士、互《たが》いに背をかばい合うようにして剣を振るっている。

一方で、オーガの首魁《しゆかい》であるサジリ。

「クソ只人族！　お前は俺様が直々に殺してやるよォ！」

「おっと。シロウの前にまずウチと戦ってもらおうか」

「上等だクソ熊獣人《くまじゅうじん》が！　まずはお前からぶっ殺してやる！」

「吠《ほ》えてばかりいないでやってごらんよ！」

バレリアさんとサジリが激しくぶつかり合う。

金等級の以上の実力を持つサジリと、戦鎚《バトルハンマー》『山砕き《やまくだ》』を手にしたバレリアさん。

実力伯仲《はくちゅう》の二人は、一進一退の攻防《こうぼう》を繰《く》り広げる。

ナハトの里のあちこちで激しい戦いが行われていた。

木々がへし折れ、家屋が吹《ふ》き飛び、怒号《どごう》が飛び交《か》う。

オーガの群れは強かった。

それでも、所詮《しょせん》は支配の首輪によって操られているだけに過ぎない。

一致《いっち》団結した戦士団を相手に、少しずつ数を減らしていき、やがて——


「とうとうあんた一人になっちまったね。どうするのさ？　まだ続けるかい？」

サジリだけが残った。

山砕きの一撃《いちげき》を浴びたのか、左腕《ひだりうで》がおかしな曲がり方をしていた。

体のあちこちから血を流したバレリアさんが、不敵に笑う。

「それとも諦《あきら》めて降参するかい？」

バレリアさんの言葉に、サジリは、

「……クソが」

最後まで握《にぎ》っていた短杖を地面へと投げ捨てた。

ドゥラの森同盟が、森の脅威《きょうい》を打ち破った瞬間であった。

ならば俺はリーダー的存在として、勝鬨《かちどき》を上げるしかない。

拳《こぶし》を握り、天へと突《つ》きあげようとした、そのときだった。


「おやおや、まさかオーガ共を倒してしまうとはな」


背後からそんな声が聞こえた。

振り返ると、そこには――

「これはこれはシェスフェリア王女、またお会いできて光栄ですよ」

オービルの宰相マガトが、軍勢を率いてやってきたのだった。

第二三話　宰相の計画

黒馬に跨《また》がった宰相が、侮蔑《ぶべつ》の表情を浮《う》かべる。

「まったく、この森は獣臭《けものくさ》くてかなわんな。いっそのこと森ごと焼き払《はら》ってしまおうか」

宰相の背後には側近たちと、大闘技会《だいとうぎかい》に参加していた大商人たち。そして一〇〇〇を超《こ》す兵が付き従っていた。

「貴女《あなた》もそう思いませんか、シェスフェリア王女？」

宰相がシェスに問いかける。

「どうして宰相のあなたがここにいるのかしら？」

シェスの疑問に、宰相が肩《かた》をすくめる。

「配下から『ドゥラの森の獣人共が反乱を企《くわだ》てている』と報告を受けましてな。オービルの宰相として、反乱を鎮《しず》めにきたのですよ」

「ハンランですって？」

「そうですともシェスフェリア王女。反乱です。そこの――」

宰相が視線でサジリを指し、続ける。

「猫獣人《ケットシー》が反乱を企てていたのでしょう？　オーガの軍団でオービルを襲うと、そう息巻いて」

いまの言葉といい、現れたタイミングといい、どうやら俺たちの戦いはその一部始終を監視《かんし》されていたようだな。

「大国であるシェスフェリア王女の母国と違《ちが》い、都市国家でしかないオービルにとって反乱は一大事。ならばこそ宰相である吾輩《わがはい》自ら兵を率い、反乱を鎮めに参ったのですよ。尤《もっと》も、首魁は既《すで》に敗れたようですがな」

宰相の言葉に、側近と大商人たちがにたりと底意地の悪い笑《え》みを浮かべていた。

「さて、」

俺の背後でうずくまるサジリに、宰相が視線を向ける。

「そこの猫獣人……はて？　名はなんといったかな」

すぐに側近の一人が駆け寄り、馬上の宰相に伝える。

「サジリです閣下」

「そうだ。そんな名だったな。獣人の名など記憶《きおく》するに値せぬから忘れておったわ」

宰相が視線をサジリに戻《もど》す。

「サジリ、お主には失望したぞ。オーガの兵団を与《あた》えられておきながら獣人共に敗北するなど」

「……偉《えら》そうにしやがって。誰だァお前？」

サジリが立ち上がり、宰相を睨《にら》みつけた。

「吾輩はオービルの宰相マガト・オニール。そして――」

宰相は一度区切ると、心底楽しそうな顔で。

「お主にオーガを与えてやった者よ」

「なっ⁉　なんだとっ？」

サジリが目を大きくする。

この反応を見るに、サジリ自身は宰相の存在を知らなかったようだ。

恐《おそ》らく宰相は姿を現さず、裏からサジリを操っていたのだろう。

そしてサジリと直接の取引をしていたのは――

宰相の背後に控《ひか》えている大商人たちに視線を向ける。

彼《かれ》らは俺と目が合うと、

「このような場で再会するとは、残念でならんなシロウ殿」

「ケケケッ。忠告しただろう？　オービルの流儀《りゅうぎ》に従えと」

「これも全て貴方《あなた》が悪いのですよ？」

「我らが飼っていた獣人共を解放するとは、な。余計な事をしてくれる」


俺に対し、口々に悪態をついてきた。

サジリに獣人たちの里を襲うように指示を出したのが宰相だとすれば、おそらく大商人たちは交渉役《こうしょうやく》。

宰相の存在は伏《ふ》せ、彼らがサジリと直接取引を——なんなら指示を出していたのだろう。

「……そう。そうだったのねマガト。あなたが獣人たちをくるしめていたのねっ？」

黒幕が自ら名乗り出たことにより、シェスが顔を真っ赤にして怒《おこ》る。

「おやおや、下等な種族である獣人如《ごと》きのためにお怒りになるのですか？　ギルアム王国の王女ともあろうお方が、獣人と親しくしているという噂《うわさ》は本当だったようですな」

宰相が呆れた表情を浮かべ、続けて。

「そうですよシェスフェリア王女。この吾輩がそこのサジリを使い、獣人共がオービルに働きに出ざるを得ないように仕向けていたのです」

さすがに我慢《がまん》できなかった。

「待ってください宰相閣下！」

俺は宰相の前に進み出る。

「誰《だれ》かと思えばお主か。商人アマタ」

「サジリに『オーガを与えた』ですって？　ならあなたが――宰相であるあなたが、獣人たちを苦しめていたすべての元凶《げんきよう》だったのですね！」

「吾輩が元凶だと？　フンッ。人聞きの悪い事を言うな商人風情《ふぜい》が。これもオービルを思えばこそ」

「獣人を労働力として酷使することが、オービルのためだと？」

「馬鹿を言え。そんな浅い話ではない」

「……どういう意味ですか？」

「陛下と直接言葉を交わしたお主ならばわかるだろう。陛下は幼く、そして愚《おろ》かだ。交易の中心であるオービルの王でありながら、王たる資格を何一つ持ち合わせておらぬ」

宰相がいきなりオービル四世をディスり出す。

「だから吾輩は、」

宰相があごでサジリを指し、続ける。

「そこのサジリにオーガと支配の首輪を与えたのだ。間《ま》抜《ぬ》けな猫獣人に番《つがい》のオーガを渡してやれば、オーガの数を増やし、支配の首輪で飼い慣らし、必ずやオービルに反旗を翻《ひるがえ》してくるだろうからな」

耳を疑う発言だった。

まるでサジリがオービルに攻《せ》め入ってくることを望んでいたような、そんな語り口調だった。

「途中《とちゅう》までは吾輩の計画どおりに事が進んでおったよ。オーガの数が増える度《たび》にサジリは増長しておったようだからな。オーガの兵団が自分の力によるものだとでも勘違《かんちが》いしておったのだろう。愚かな獣人らしい」

「お前ェ……」

サジリが悔しさから歯ぎしりする。

「後は、オーガの軍勢を率いたサジリがオービルを襲撃し、王城へ攻め入り、陛下を弑《しい》してくれさえすれば成功だったのだ」

宰相の目に昏《くら》い光が宿っていた。

「陛下を弑してくれさえすれば、吾輩はオービルの騎士団《きしだん》と吾輩自身の兵団を率い、愚かなサジリを打倒《だとう》し、そして――そして！　吾輩がオービルの新たな王となれたはずだったのだ！」

「マガト……あなたなんてことを……」

宰相の――欲と憎悪にまみれた醜悪《しゅうあく》な大人の姿に、シェスが声を震わせる。

「そんな吾輩の計画を……アマタ！　よくも潰《つぶ》してくれたな！　この罪は重いと知れ！」

血走った目で宰相が俺を睨む。

けれども睨み返してやった。

「なるほど。仮に百歩譲《ゆず》って俺が宰相閣下の遂行《すいこう》なる計画、『王位簒奪《さんだつ》☆大作戦』を台無しにしてしまったとしましょう。ですが……」

俺はずびしっと宰相を指差し、続ける。

「それをここで打ち明ける理由はなぜです？　言っておきますけれど、宰相閣下の発言はさっきからずっとビデオカメラで記録してますからね！」

俺はアイナちゃんにこっそりとスマホを渡し、宰相の登場から今に至るまでの全てをビデオ撮影《さつえい》していた。

証拠《しょうこ》を映像で残すのは、ＳＮＳ世代の常識だからだ。

「好きにするがいい。どうせ世に出ることのない記録だからな」

宰相は鼻で笑うと、

「お主たちは誰一人《だれひとり》としてこの森から出ることは叶《かな》わん。なぜなら――ここで死ぬからだ！」

「マガト、あなたホンキでいってるの？　ギルアム王国の王女であるあたしをころすって、いまあなたはそういっているのよ？」

「もちろん吾輩は本気ですよ、シェスフェリア王女」

「っ……」

王位簒奪☆大作戦に続き、宰相はあっさりとシェスフェリア王女抹殺《まっさつ》計画をも口にする。

「シェスフェリア王女、貴女がこの場にいたのは吾輩にとって僥倖《ぎょうこう》でしたぞ」

「……どういうイミよ？」

「筋書きはこうです。獣人に親しみを持つギルアム王国のシェスフェリア王女。彼《か》の王女はオービルの許可なくドゥラの森を訪《おとず》れる。獣人に会うためにね」

宰相の言葉は続く。

「しかし、ドゥラの森に住まう獣人は只人族《ヒューム》に憎《にく》しみを抱《いだ》いていた。宰相である吾輩は、すぐに王女を危険な獣人共から救出すべく兵を率いて駆《か》けつけるが……ああ、なんたることだろう。王女は憐《あわ》れにも獣人共に殺された後だったのだ」

宰相は両手で顔を覆《おお》い、痛ましいとばかりに首を振る。

芝居《しばい》じみた仕草は悦《えつ》に入っている証拠だ。

「吾輩は兵に命じた。王女のお命を奪《うば》った獣人たちを皆殺しにせよ、と。だが、それで王女が生き返るわけもない。ギルアム王国に対し、都市国家オービルとしてどう謝罪するべきか？」

宰相がにたりと嗤う。

「招かれた王女が、自身の落ち度とはいえ命を落としたのだ。責任を取るため陛下は退位なさるしかないだろう。賠償金《ばいしょうきん》もかなりの額になるだろう。それでも、オーガ共が半壊させた街を復興させるよりは安く済むでしょうな」

この宰相の言葉に、

「閣下の仰るとおりです」

大商人の一人が揉《も》み手《で》で相づちを打つ。

「陛下は幼い。故《ゆえ》に世継《よつ》ぎもいない。血縁者《けつえんしゃ》もだ。空位となった王座に一番近く、そして最も王に相応《ふさわ》しいのは――」

「宰相閣下、あなただというわけですか？」

最後の最後でセリフを取られた宰相が、じろりと俺を睨む。

けれどもすぐに、

「即興《そっきょう》で考えた脚本《きゃくほん》にしては、良い出来だとは思わぬかアマタ？」

そう訊《き》いてくる宰相に、俺はあごに手をやり考える。

「ん～……そうですかね？　その脚本って、俺たちが負ける前提になってますよね？　宰相閣下、あなたは自分たちが負ける可能性を考えはしないんですか？」

「負ける？　吾輩がか？　くはははは っ！　面白い事を言う。それともお主の兵団が吾輩のサイクロプスを倒《たお》したから、また次も勝てると、本気でそう思っておるのか？　だとしたら――」

宰相がパチンと指を鳴らす。

「それは思い上がりというものだぞ！」

宰相がそう言ったタイミングでのことだった。

『ギャアアアアアアオオオオォォォーーーッ!!』

突如《とつじょ》、森全体に響き渡るほどの咆哮が聞こえた。

次いで、

――――ズゥウン……ズゥウン……ズゥウン。

地響《じひび》きを立て、巨大《きょだい》な生物が鎌首《かまくび》をもたげる。

山と見まがうほどの巨体《きょたい》。

「シロウお兄ちゃん、あれって……」

「種類まではわからない。わからないけれどあれは――」

俺はアイナちゃんと一緒《いっしょ》になって、近づいてくる巨大な生物を見上げた。

獰猛《どうもう》な瞳《ひとみ》。

鋭い牙《きば》に顎門《あぎと》。

全身が黒い鱗《うろこ》で覆《おお》われ、背には漆黒《しっこく》の翼《つばさ》。

確かあれは――

「………あれはブラックドラゴン。ドラゴンの中でも手強《てごわ》いと云《い》われている」

近づいてくる巨大生物の名を告げたのは、ネスカさんだった。

「そうだとも。ブラックドラゴンだ！　しかもあれは成竜《せいりゅう》だぞ？　サイクロプスなどとは格が違うわ！　くはははは っ！」

ブラックドラゴンを披露《ひろう》したことで、宰相《さいしょう》は勝利を確信している様子。

ファンタジー界隈《かいわい》において、ドラゴンという種は頂点に最も近い存在。

宰相が高笑いしたくなるのも当然だろう。

事実、ブラックドラゴンを目にした戦士団は——

「やべぇな。どうするよバレリア。一旦退《いったんひ》くか？」

「バカを言いなよ。ググイ、あんたもルグゥの戦士なら強敵を前に一歩も退いちゃいけないよ」

「でもよぉ、相手はドラゴンだぜ？」

「見ればわかるよ。でも……この戦いはウチらドゥラの森の戦いなんだ。退けるわけがないだろうさ」

バレリアさんは戦う姿勢を見せているが、他の戦士たちは明らかに浮足立《うきあしだ》っていた。

歴戦の猛者《もさ》が集った戦士団であっても、ドラゴンを相手にするのは難しいからだ。

以前聞いた話によると、成体のドラゴンは一国の軍隊でやっと倒せるかどうか、というレベルなんだとか。

それほどまでにドラゴンという存在は恐ろしく、そして強い。

一方で、俺を含《ふく》むチーム・ニノリッチの面々はというと、

「へぇえ。ブラックドラゴンかー。かっくいーなー」

「シロウお兄ちゃん、あのドラゴンさんも『しはいのくびわ』をつけられてるよ」

「ホントだ。めちゃんこ大きい首輪だけれど、あれを作るのにいくら使ったんだろうねー」

「くははははっ！　どうだ吾輩のブラックドラゴンは？　恐ろしいか？　絶望したか？　後悔《こうかい》しておるか？」

「あんちゃんあんちゃん」

「なんですライヤーさん？」

「ブラックドラゴンの素材はすげー高く売れんだ。おれら蒼《あお》い閃光《せんこう》もがんばるからよ、あのドラゴンの素材は山分けといかないか？」

「いまさら後悔しようともう遅《おそ》い。あのブラックドラゴンには、既にお主らを殺すよう命じてあるのだからな！」

「いやー、なんかママゴンさんの手前、ドラゴンをやっつけるのはちょっと心苦しいといいますか――」

「主様に牙を向けるのであれば、ドラゴンであっても滅《めっ》するべきです」

「だってよあんちゃん？　ママゴンもこう言ってるぜ？」

「わーお」

「フッ。ちょうどいい。私もまだブラックドラゴンを喰《く》ったことはなかったからな。あれを殺すのであれば私も手を貸そう」

「セレスさんまで⁉」

まったくブラックドラゴンに怯《ひる》んでいなかった。

みんなと会話しているときに宰相がなんか喋《しゃべ》っていたけれど、俺たちの耳にはまるで届かない。

だってこちらにはブラックドラゴンよりも遥《はる》かに高位のドラゴン、不滅竜のママゴンさんがいるのだから。

「さあ、ゆけブラックドラゴンよ！　獣人共を、そしてシェスフェリア王女を食い殺すのだ！」

『ギャォォォォオオオッッッ！』

ドラゴンが吼《ほ》え、怪獣《かいじゆう》映画のように地響きを上げてこちらに近づいてくる。

全長は三〇メートルぐらいかな？

体高だけでも一〇メートル以上はあるぞ。

「やるよ！」

「「応ッ‼」」

バレリアさんの号令の下《もと》、戦士団が武器を構える。

『グゥゥ……』

足元の戦士団に向け、パカッと顎門を開くブラックドラゴン。

「まずい！　ブレスがくるよ！」

バレリアさんが叫《さけ》ぶ。

ブラックドラゴンの口内に炎《ほのお》が渦巻《うずま》きはじめるなか、俺たちはというと、

「主様」

「はい。お願いしますママゴンさん」

「承知しました」

瞬間、ママゴンさんがドラゴンさんに大変身。

突如として現れた純白のドラゴンを目にし、

「ゆけぇブラックドラゴン！　獣人共を焼き尽くせぇぇ————ええぇっ⁉　し、白いドラゴンだとっ⁉」

宰相が目を剥《む》いて驚《おどろ》く。

いや、宰相だけではない。勝利を確信していた宰相陣営《じんえい》の全員がママゴンさんの出現に驚愕《きょうがく》していた。

というか、当のブラックドラゴンまで目を見開いて『嘘《うそ》でしょ？』みたいな表情をしているんですけれど。

柔《やわ》らかい毛でフワッフワなママゴンさんとは違い、鱗びっしりな爬虫類《はちゅうるい》顔のブラックドラゴンでも表情の変化ってあるんだね。

「ひっ、怯むなブラックドラゴンよ！　同じ竜種《りゅうしゅ》なのだ。そう力に差など――」

『下位竜が目障《めざわ》りですよ』

ママゴンさんがレーザーブレスを放った。

収束された熱線がブラックドラゴンの腹部に『ちゅどーーーーんっ!!』と命中。

ブラックドラゴンは気を失い、どうと倒れた。

レーザーブレスで貫《つらぬ》かれていないから、手心を加えたようだ。ママゴンさんも優しいじゃんね。

「「「……」」」

みんなしーん。

宰相も側近も大商人も、兵士たちもしーん。

「「「……」」」

ドゥラの森同盟の戦士団もしーん。

あのバレリアさんとサジリですら、口をあんぐりと開けて言葉を失っていた。

俺は「あはは」と笑い、頭を掻《か》く。

「いやー、うちのドラゴンが強すぎてすみません。で、この場合だと宰相閣下はどうされるんですかね？　また脚本を書き直します？」

「そ、それは……」

「俺たちには宰相閣下自らオービル陛下の暗殺……で、いいのかな？　陛下を殺そうとしていた証拠が記録《映像》として残っています。だよね、アイナちゃん？」

「ん！　アイナがきろくしたよ！」

アイナちゃんが得意げな顔でスマホを掲《かか》げる。

宰相の顔が悔《くや》しさで歪《ゆが》む。

「そ、れ、に」

俺は満面の笑みで。

「獣人たちを苦しめていた張本人が現れてくれたんです。まさか何事もなく帰れるとは思っていませんよね？」

「アマタ、あのバカ宰相が姫《ひめ》さまを殺そうとしていた罪も追加しろ！」

「もちろんですよルーザさん。そこらへんもキッチリわからせてやります。なので――」

俺は宰相を――宰相の下に集った一〇〇〇の兵士を指し示し、

「総員、突撃ぃ‼」

本日二度目の人生で一度は言ってみたいセリフを叫んだ。

「「「応ッ!!」」」

戦士団が獲物《えもの》に向けて疾走《しっそう》する。

連戦となってしまったが……ドラゴンとなったママゴンさんの存在が大きかったようだ。

宰相の兵たちは既に戦意を喪失《そうしつ》していて、一度も剣を交えることなく壊走《かいそう》をはじめた。

一方で戦士団は、味方にドラゴンがいることに大いに鼓舞《こぶ》されたのだろう。

めちゃんこ笑顔《えがお》で獲物を追いかけ回していた。

俺はバレリアさん他、戦士団の各リーダーに宰相の兵たちを殺さないように伝える。

ここにいる兵は、宰相に従いオービル四世の暗殺を企てた者ばかり。

なら倒してしまうよりも牢屋《ろうや》送りにした方が、より重い報い《むく》を受けることになるからだ。

どんな処罰《しょばつ》を受けるのかはしらないけれど、獣人たちが復讐《ふくしゅう》のために手を血で汚《よご》すよりずっといい。

一つになった戦士団の手は、同胞《どうほう》を救うためにあるのだから。

――――ヒヒーーンッ!!

戦士団の気迫《きはく》に慄《おのの》いた宰相の馬が跳《と》び上がる。

「ひぃぃいっ⁉」

はずみで宰相が地面に落ちた。

側近たちは誰も宰相を助けようとはしていない。

全ての元凶である宰相が、俺の数メートル先に落ちてきた。

チャンスだ。

「宰相マガト！」

俺は叫び、駆け出した。

「ひぃ。ひぃぃいっ」

宰相がよろめきながらも、なんとか立ち上がる。

こちらに背を向け逃《に》げ出そうとするが――遅い。

「獣人たちの怒《いか》り、そしてシェスフェリア王女と――」

「ひぃぃいいっ⁉」

「アイナちゃんや俺やキルファさん！　その他諸々《もろもろ》の怒りを受けるがいい‼」

助走をつけて地面を蹴《け》る。

跳躍《ちょうやく》した体がふわりと浮く。

自分でも驚くほど高く跳ぶことができた。

もやしな俺《おれ》だからこそ、誰よりも高く跳ぶことができるのだ。

体が地面と水平になるよう動かし、そのまま両足を前方に突き出す。

照準は宰相の顔面にセット。

そして――

「ドロップキーーーーッツック!!」

「ふんごぉぉぉぉーーーっ⁉」

手加減なしのドロップキックをお見舞《みま》いしてやった。

「んぐわっ。ぎゃふっ、んがっぷ」

打点の高いドロップキックを顔面に受けた宰相が地面を転がる。

やがて近くの木に体がぶつかり動かなくなった。

気を失ったらしい。

周囲を見回せば、戦士団もイイ感じに宰相の兵を制圧していた。

武器ではなく拳で殴《なぐ》っているあたり、俺の意見を聞き入れ殺すつもりはないようだ。

やがて――

「俺たちの……勝利だあぁぁっ!!」

握った拳を、俺はこんどこそ天へと突き上げ、

「「「うおおおおおおおおおおっ!!!」」」

ドゥラの森同盟の勝《か》ち鬨《どき》が、森中に響《ひび》き渡《わた》った。

最終話　未来に向けて

恐ろしい計画を企てていた宰相と、その一味を捕《と》らえることができた。

俺たちはオービルへと戻り、事の次第《しだい》を説明するため王城へと向かった。

メンバーは以前と同じ、シェスと侍女《じじょ》役のアイナちゃんに、護衛のルーザさんとデュアンさん。

そして御用《ごよう》商人である俺の五人。

シェスが一緒だったため衛兵のチェックも顔パスで通され、そのまま応接室へ。

すぐにオービル四世がやってきた。

以前にも増して、シェスに熱い眼差《まなざ》しを向けるオービル四世。

しかしマガト宰相の悪事――王位簒奪☆大作戦（本人のカミングアウト映像つき）を伝えたところ、

「な、なんということだ……。マガトが余を殺そうとしていたなんて……」

かなりのショックを受けたようだ。

オービル四世がよろめいてしまった。

慌《あわ》ててお付きの護衛が支え、そのままソファへと座《すわ》らせる。

追い打ちをかけるようで心苦しかったけれど、宰相とオービルの商人連盟が行っていた悪行――こちらは主に獣人《じゅうじん》への仕打ち――と、シェスの殺害計画も追加で伝えると、

「――ひぎぃっ」

とうとう気を失ってしまった。

自身の暗殺計画に、幸せに暮らしていると信じていた獣人たちの過酷《かこく》な境遇《きょうぐう》。

そこに絶賛片想《かたおも》い中の友好国王女への殺害計画まで加わったのだ。

一〇歳《さい》のオービル四世には、受け止めきれないほどの衝撃《しょうげき》だったのだろう。

即位《そくい》した幼き日より、オービル四世は宰相のマガトや臣下たちに全幅《ぜんぷく》の信頼《しんらい》を寄せていたみたいだしね。

人間不信に陥《おちい》ってもおかしくない程《ほど》の出来事だ。

侍医《じい》が行き交《か》い、やっと目を覚ましたオービル四世。

傍《かたわ》らにシェスがいることに気づくと、

「シェスフェリア王女よ、余はオービルの王として、そなたにどう謝罪すればいいのだろうか？」

オービル四世のこの言葉に、

「……はぁ？」

素を丸出しのシェスがブチ切れた。


――ばちんっ。


乾《かわ》いた音が応接室に響く。

止める間もなかった。

止める間もなく、シェスはオービル四世にビンタをしていた。

「――はうっ」

瞬間《しゅんかん》、ルーザさんが白目を剥いて気を失った。

護衛騎士《きし》としてシェスの暴挙を止めることができなかったからだ。

「ルーザ嬢《じょう》？　ルーザ嬢！」

彼女《かのじょ》を慌てて支えるのは、もちろんイケメンだ。

デュアンさんがルーザさんの名を呼ぶが、いまはシェスとオービル四世の方が大事。

だって、王女が友好国の王にビンタしちゃったんだもん。

下手すれば戦争案件に発展しかねない。

「シェス……フェリア王女……？」

ビンタされた頬《ほお》を押《お》さえ、オービル四世が呆然《ぼうぜん》とする。

けれどもシェスは止まらない。

「あたしなんかより、あやまるならまず獣人たちからでしょ！」

この発言に、オービル四世は目をぱちくりと。

「……え？　しかしシェスフェリアおう――」

「あなたは王でしょ！」

「っ……」

「あなたがしっかりしないからマガトにイノチを狙《ねら》われるのよ？　あなたがしっかりしていなかったから、獣人たちはとってもくるしんだのよ！」

シェスが胸に溜《た》め込《こ》んでいた想《おも》いをブチ撒《ま》ける。

「王でしょ？　あなたオービルの王なんでしょっ？」

「う、うむ。余はオービルの王だ」

「なら王としてふさわしいおこないをなさい。あなたにおちこむヒマもしかくもないわ。いますぐ王としてこの国をたてなおすのよ！」

「余が……立て直す？　この国を……？」

「獣人と只人族《ヒューム》がなかよくくらせる国。あなたのお父さまはそんなすばらしい国をめざしていたのでしょう？　あなたもお父さまのごいしをついで、オービルを只人族と獣人たちのすばらしい国にしたいんでしょう？」

「う、うむ。余が願うのは、オービルを父上の望んだ国とすることだ」

「なら王としてやるべきことをやりなさい。王として、民のためにイノチがけではたらきなさい！」

シェスの叱咤《しった》を受けるオービル四世。

次第に、その瞳に力強い意志の光が灯《とも》りはじめた。

シェスのビンタを、そしてストレートな想いを受け、

「うむ。そうだ。シェスフェリア王女の言う通りだ。余はオービル四世。この国の王なのだ！」

なにやら覚醒《かくせい》した様子。

「お前たち、大臣を集めよ。城にいる貴族もだ！　マガトにより汚《けが》されたこの国を立て直すぞ！」

「「「ハッ！」」」

オービル四世の側近が一礼し、駆け足で応接室を出ていく。

「シェスフェリア王女。余を王として奮い立たせてくれたこと、深く感謝する」

「ふんだっ。しっかりやりなさいよね。じゃないともうお茶会にいかないわよ」

「それは困る。ならばシェスフェリア王女、これからの余を見ていてほしい。余は、必ずやオービルの王として相応しい男になってみせる。だから、真なる王となったその時は……」

最後はなんと言っていたのか聞き取れなかった。

けれども、覚醒したオービル四世はより熱い眼差しをシェスに向けていた。

きっと、オービルは良い国になる。

そんな確信めいた予感がした。

◇◆◇◆◇

宰相とその一味をオービル四世に引き渡したあと、俺はまたまたヅダの里を訪れていた。

サジリと会うためだ。サジリに会って、どうしても訊いておきたいことがあったからだ。

同行してくれたのは、キルファさんとアジフさんの従兄妹《いとこ》コンビ。

二人と共にキルファさんのおばあちゃん――ヅダの里長《さとおさ》に先導され、地下に造られた一室へと向かう。

「処遇《しょぐう》が決まるまで、サジリ殿《どの》はここに幽閉《ゆうへい》しておる」

本来は穀物を保存する場所として利用されていた地下倉庫。

その扉《とびら》の前で、ヅダの里長が立ち止まる。

「シロウよ、本当にサジリ殿と会うつもりか？　幽閉されておるだけで、枷《かせ》などはつけておらぬ。サジリ殿がその気になれば、殺されるやも知れぬぞ？」

こちらを振《ふ》り返り、里長が警告してきた。

けれども俺は首を横に振る。

「俺の勘《かん》ですけれど、もうサジリが力を振るうことはないと思いますよ」


宰相たちとの戦いを終えたときのことだ。

自分が宰相の望んだ通りに動いていたことを知ったサジリは、

『ちくしょう……クソッ。ちくしょうがァ……』

くずおれ、悔しさから涙《なみだ》を流していた。

そして取り囲む戦士団に一切《いっさい》の抵抗《ていこう》をせず、素直《すなお》に連行されていったのだ。

あのとき、あの瞬間、きっとサジリの中で決定的ななにかが折れてしまったのだろう。

以来、サジリはドゥラの森同盟に対し、

『いまさら罪を償《つぐな》うつもりはさらさらねェが……煮《に》るなり焼くなり好きにしろ。殺されたって文句は言わねェ』

と己《おのれ》の処遇について、ドゥラの森同盟に任せていた。

まるでそれが、戦いに敗れた者の定めだとばかりに。

「だから、サジリには俺一人で会おうと思います」

この俺の提案に、

「んにゃ!? そんなのダメにゃ！ 危ないにゃ！」

「主、それだけはならん」

キルファさんもアジフさんも大反対。

けれども、

「大丈夫《だいじょうぶ》ですよ。俺を信じてください」

「はぁ～……。ん、わかったにゃ」

「奴《やつ》に怪《あや》しい動きがあればすぐ呼んでください」

俺は笑顔で二人の同行を断り、里長の許可の下、地下倉庫へと入る。

中は真っ暗だった。

LEDランタンを取り出し、スイッチを入れる。

明かりが灯《とも》ると、

「……チッ、なにしに来やがったクソ只人族」

床《ゆか》に座り、木箱を背もたれ代わりにしているサジリが俺を睨《にら》んできた。

回復薬を使ったのか、折れた腕も元通りになっていた。

「クソ只人族が何の用だ？　お前に負け、クソ宰相の手のひらの上で愉《ゆ》快《かい》に踊《おど》っていた俺様を笑いにきたのかよ？」

「大した用じゃないですよ。ただ……よいしょっと」

サジリに正面に座り、ランタンを脇《わき》に置く。

「ただ、どうして猫獣人《ケットシー》の国を作ろうとしたのか、そのことが気になりまして」

「……チッ」

「話してくれませんか？」

「ハッ。誰《だれ》が話すかよ」

サジリがそっぽを向いてしまった。

けれども俺は諦《あきら》めない。

「ドゥラの森であなたが戦いを起こし、俺が終わらせた。なら、俺にはあなたの動機を訊く権利があるとは思いませんか？」

「……チッ。クソ只人族はムカつくほど口が回るな」

サジリが視線を俺に戻《もど》した。

「いいぜ。穴蔵《あなぐら》にいて暇《ひま》を持て余してたからなァ。教えてやるよ」

そしてサジリは語りはじめた。

王を目指した、その理由を。

「……クソ只人族、お前は食い物に困ったことがあるか？」

「いいえ。幸いなことに俺の故郷は、全国民に対し最低限の生活が保障されている国ですので」

「ハッ。ご立派な国じゃねェか。ならお前にはわからないだろうぜ」

サジリが自嘲《じちょう》気味に笑い、続ける。

「女だった、ってだけで生まれたばかりの赤子《ガキ》を捨てることも、冬が来る度《たび》に体の弱い兄弟を、姉妹《しまい》を、食《く》い扶持《ぶち》を減らすために殺さなきゃならねェことも」

「っ……」

「生きるために娘《むすめ》を奴隷商《どれいしょう》に売る親の気持ちがお前にわかるか？　薬さえあれば助けられるのに、なのに薬一つ買えずに家族を失う絶望をお前は知っているかァ？」

「それは……」

「どれもこれも『力』が足りねェからだ。お願いです、食い物をください！　どうか薬をください！　お慈悲《じひ》を！　……ハッ、クソ只人族にへこへこ頭をさげなきゃ生きられねぇのは、猫獣人が弱いからだ。弱いから奪われ続ける。弱いから失う。家族を！　同胞を！　命を！　だから俺様は――」

サジリが拳《こぶし》を握《にぎ》りしめる。

爪《つめ》が食い込むほど握られた手からは、血が滴《したた》り落ちている。

「猫獣人《俺様たち》の国を作り、奪う側になろうとしたんだ。奪う側になれば、誰一人として理不尽《りふじん》な死を迎《むか》えることがないからなァ！」

サジリが国を作ろうとした根源は、全て同胞のため。

同胞を救うために、同胞を護《まも》るために、サジリは自ら悪の道を選んだのだった。

「サジリ、あなたはナハトの同胞のために力を――国という権力を求めたんですね」

「国を手に入れようとしたことに後悔はねェ。俺様に後悔があるとすれば、お前をすぐに殺さなかったことぐらいだろうぜ」

サジリが俺を睨みつける。

「それって、まだ俺の命を狙ってるってことですか？」

「ハッ。いまさらクソ只人族の命なんざいるかよ。ただでさえ……俺様の手は血塗《ちまみ》れなんだからよォ」

サジリが自分の手のひらを見つめる。

爪が食い込んだ傷口からは、今も血が流れ続けている。

後悔がない、というのは嘘《うそ》だと思う。

サジリが操《あやつ》るオーガによって命を落とした獣人たち。

彼《かれ》らもドゥラの森に住まう獣人なのだ。

同じ境遇に置かれた彼、彼女らの命を奪い、後悔していないはずがなかった。

けれどもナハトの里を豊かにするには、オービルの商人連盟との取引を続けるしかなかったのだろう。

引き返せなかった、のだと思う。

あの腐敗《ふはい》した商人連盟が一度はじめた以上、途中《とちゅう》で降りることを許すはずがない。

仮にサジリが降りれば、商人連盟は別の誰かを取引相手に選び、次にオーガの襲撃《しゅうげき》に遭《あ》うのはナハトの里だったことだろう。

人は大切な誰かを救うためなら、悪の道に堕《お》ちることも厭《いと》わないからだ。

そのことをサジリも理解していたのだと思う。

だから一度はじめた以上、走り続けるしかなかったのだ。

サジリがなぜ暴力的なのか、なぜ力に固執《こしつ》していたのか、その理由を垣間見《かいまみ》た気がした。

そしてキルファさんを求め続けた理由も。

同胞を救うため悪の道に堕ちてしまったサジリにとって、キルファさんは眩《まぶ》しすぎたのだ。

優《やさ》しく、そして陽だまりのように温かなキルファさんが側《そば》にいて欲《ほ》しかったのだろう。

お腹《なか》に子供がいる――ウソだけれど――と知っても、それでもなおキリファさんを求め続けた理由。

闇《やみ》に堕ちた自分の隣《となり》に、キルファさんというキラキラと眩しく輝《かがや》く存在がいてほしかったのだ。

「話は終わりだ。帰れクソ只人族が」

「わかりました。帰りますよ。あ、でもその前に――」

俺は立ち上がり、サジリに背を向けたまま口を開く。

「ここから先は完全に俺の独り言です」

「あァ？」

「もし、自分の行いを少しでも悔《く》いているのなら……サジリ、あなたは人を救うべきだ」

「……？」

「貧弱《ひんじゃく》な俺と違《ちが》って、あなたは強い。あなたには誰かを救える力がある」

「お前……なにを言って……」

「なら罪を償うためにも、後悔の数だけあなたは人を救うべきだ。いや、救わないといけない。自分のせいで命を落とした人の何倍もの数を救い、いつか大切な誰かに赦《ゆる》してもらうために」

「……」

「ま、考えておいてください」

そう伝え、立ち去ろうとしたタイミングで――

「待てよ。クソ只人族」

サジリに呼び止められた。

振り返る。

サジリは真剣《しんけん》な顔で俺を見つめていた。

「クソ只人族、キルファを大切にしろよ。大切にしなかったらぶっ殺してやるからな」

「あはは。覚えておきますよ」

「それと……腹のガキ。ガキが生まれたらよォ、食い物だけには困らせるな。腹いっぱい飯を食わせてやれ」

「モ、モチロンデスヨ」

今更《いまさら》お腹の赤ちゃんがウソだなんて言えない。

俺は目を泳がせながらサジリの言葉に頷《うなず》いた。

「じゃあな、クソ只人族」

「はい。またどこかで会おう、サジリ」

「……チッ。さっさと消えろクソシロウが」

最後の最後に、サジリは俺の名を呼んだ。

そして俺たちは別れた。

サジリが地下倉庫から姿を消したと聞いたのは、翌日のことだった。

◇◆◇◆◇

サジリが姿を消して一〇日が経《た》った。

オービルは忙《いそが》しい日々が続いていた。

宰相《さいしょう》一派は商人連盟含《ふく》む全員が地下牢《ちかろう》送りに。

支配の首輪を外したブラックドラゴンは、そのままドゥラの森で暮らすことになった。

これは、どうやらママゴンさんの命令によるものらしい。

最上位ドラゴンの命令ともなれば、並のドラゴンに断れるはずもなし。

ブラックドラゴンは夜な夜な飛び立っては、どこからかフォレストウルフを捕《つか》まえ、ドゥラの森に解き放っているそうだ。

数年後には、ドゥラの森の生態系が元に戻っているかもしれないな。


オービル四世はシェスを通じてギルアム王国から内政官を招き入れ、国を立て直すため必死になってがんばっているそうだ。

これからは臣下に任せきりにせず、ちゃんと自分の目で現場を見て回るとかなんとか。

また、オービル四世が大々的に獣人との融和《ゆうわ》政策を打ち出したことにより、街で獣人に対する差別と迫害《はくがい》を目にすることはなくなった。

未《いま》だ両者の溝《みぞ》は深く問題も多く残っているけれども、時が進むにつれて良くなっていくといいな。

尼田《あまた》商会オービル支店も絶好調。

街の市場を握っていた大商人たちがまるっと投獄《とうごく》されたこともあり、競合がいなくなって連日大賑《おおにぎ》わいだ。

さすがに手が足りないので、俺は自分が所属している商人ギルド『久遠《くおん》の約束《やくそく》』に応援《おうえん》を頼《たの》んだ。

ギルドマスターであるジダンさんが手配してくれた応援メンバーは、誰もが優秀《ゆうしゅう》な商人で、俺がいなくてもきっちり店を仕切ってくれた。

昨日、店で働いているスタッフに大入り袋《ボーナス》を渡したら、みんな大喜びしていたっけ。

これからの尼田商会はオービルの大商人たちが所有していた店舗《てんぽ》を買い取り、今後も事業を拡大していく予定だ。


それと、ドゥラの森。

宰相の企《たくら》みを未然に防いだ報酬《ほうしゅう》として、俺はオービル四世から名誉《めいよ》貴族として準男爵《だんしゃく》の爵位《しゃくい》を頂戴《ちょうだい》することになった。

まさかの貴族デビューである。

丁重《ていちょう》にお断りしようかとも思ったのだけれども、与《あた》えられる領地がドゥラの森と聞き、直前で思《おも》い留《とど》まる。

バレリアさんやヅダの里長、ググイ氏やアジフさんたちに相談した結果、

『シロウがドゥラの森の領主になってくれるなら安心だよ。シロウ、ウチらのためにも絶対に受けるんだよ』

『シロウよ、お主が領主となればみな安心できよう』

『大将が領主さまねぇ。いいじゃないか！』

『主が真なる意味で我らの主となるのだな』

みんな諸手《もろて》を挙げてこれを歓迎《かんげい》した。

俺としては誰かの上に立つような立場や役職は、全力で遠慮《えんりょ》したいのだけれど、

『これもドゥラの森を護るためなんだにゃ！』

キルファさんにそう言われてしまっては仕方がない。

それに獣人たちを救うため、がんばってくれたみんなの想いに応えるためにも、俺は名誉貴族となることを了承《りょうしょう》したのだった。

すべてが良い方向に——良い未来に向けて進み出していた。

そして、俺はというと——……


「シロウ！　ここにゃ！　ここが『光舞《ま》う泉』にゃ！」

キルファさんと一緒《いっしょ》に、あの夜に約束した光舞う泉へと来ていた。

日は落ちたばかり。

地面に腰《こし》を下ろし、キルファさんと二人で泉を見つめる。

泉が水面《みなも》に星空を映すなか、

「あ、光ったにゃ！　シロウあそこ！　あそこに光虫がいるにゃ！」

一匹《ぴき》の光虫が光を発した。

それが合図だったようだ。

あちらこちらで光虫たちが光を放ちはじめた。

「うわぁ！　すっげー！　めちゃんこきれいですね！」

無数の小さな輝きが宙を舞っている。

それは幻想的《げんそうてき》な光景だった。

暗い森の中、泉の周囲だけが優しい光に満ちていた。

「……きれいだにゃ」

「はい。本当にきれいですね」

俺とキルファさんは、儚《はかな》くも美しい輝きに目を奪《うば》われていた。

「キルファさん、ありがとうございます。俺をここに連れてきてくれて」

「お礼はいらないにゃ。だって約束したでしょ？　シロウを連れてきてあげるにゃ、って」

「それはそうですけれど……こんなにきれいなんです。お礼の一つも言いたくなりますよ」

「そうにゃの？」

「そうにゃんです」

「もうっ。からかうの禁止にゃ」

キルファさんが俺の肩《かた》をポカポカ叩《たた》いてくる。

「あはは。すみません、もう言いませんから！」

「ダーメにゃ。許さないにゃ！」

ポカポカと連続攻撃《こうげき》は続く。

「えー？　どうしたら許してくれるんですか？」

「にししっ。そうだにゃあ……」

キルファさんはあごに指先を当て、考える仕草をすると、

「ボクのことは、これからも『キルファ』って呼んでほしーにゃ」

そう言い、また微笑《ほほえ》むのだった。

エピローグ

「たっだいまー！」

「戻ってきたにゃー！」

俺たちはママゴンさんに乗り、ニノリッチへと戻ってきた。

俺たちとは言っても、ご両親への挨拶《あいさつ》をやり直すため、ネスカさんとライヤーさん、それに帰郷中だったロルフさんは元居た故郷に送り届けてきたけれど。

ネスカさんから「三日三晩説教する」、と宣言されていたキルファは、これを大いに喜んだ。

お説教される日が延びたにゃー！　と。

ともあれ、俺たちはまずは役場へ行き、カレンさんに帰ってきたご報告。

遅《おそ》い時間だったのでそのままアイナちゃんを預け、お次はシェスの屋敷《やしき》。

シェスとルーザさんにバイバイして、ここでデュアンさんとも別れる。

すあまが眠《ねむ》そうにしていたので、ママゴンさんも一足先に帰ることとなった。

残ったのは、俺とキルファとセレスさんの三人。

三人ともお腹が空《す》いていたので、迷わず妖精の祝福《冒険者ギルド》へ。

ギルドに入ると、

「っ……。シロウ！　帰ってきたんだなっ」

まずは親分のパティが、

「ほう。やっと帰ってきおったか」

「なんじゃい坊主《ぼうず》。遅かったのう！」

酒場でお酒を飲んでいたエレドスさんとバレドスさん兄弟に、

「お帰りになるのをお待ちしていましたわ。シロウさん」

ギルドマスターのネイさん。

そして――

「お兄さぁぁぁん！　アタシずっと待っていたんですよおおぅ!!」

ギルドの受付嬢《うけつけじょう》であるエミーユさん。

エミーユさんは受付カウンターを乗り越《こ》え、俺に向かって一直線。

「お兄さぁぁぁんっ！　久しぶりの再会を果たしたアタシと一緒に暗がりに行くんですよおおぅ!!!」

「ちょまっ――うわぁっ⁉」

目を爛々《らんらん》と輝かせ、ガバチョと抱《だ》きついてこようとするエミーユさん。

そんなエミーユさんの頭を、

「やめるにゃエミィ」

「痛っ⁉」

キルファがぽかりと叩く。

「ぬぅ……。なぁにしやがるんですよぉキルファ？」

「シロウが怖《こわ》がってるんだにゃ。ねー、シロウ？」

「助かった。ありがとキルファ。危《あや》うくエミーユさんに暗がりへと連れて行かれるところだったよ」

俺とキルファの会話を耳にしたエミーユさんは、

「っっっ？　はぁっ⁉　はあぁぁっ⁉　『キルファ』？　え？　え？　お、お兄さん……いまキルファのこと呼び捨てにしましたぁ？？？」

よほど驚《おどろ》いたのか、エミーユさんが目を見開いている。

「あはは。キルファの故郷でいろいろとありまして」

「い、いろいろっ？　いろいろってなんですよぅ‼　まさかえっちなことじゃないですよねぇ⁉」

「にししし っ。いろいろはいろいろなんだにゃ。そもそもシロウとボクは仲良しなんだにゃ。呼び捨てぐらいフツーのことにゃ」

「がーーーーーーんっ！」

頭を抱《かか》えるエミーユさん。

友達を呼び捨てで呼ぶことが、それほどショックだったのだろうか？

「ちっくしょおおおおおうっ！　やっぱりアタシもついていけばよかったんですよおおおおぉ‼」

エミーユさんの絶叫《ぜっきょう》がギルドに響《ひび》く。

ニノリッチに帰ってきたのだと、心の底から実感したのだった。

◇◆◇◆◇

そこからは俺《おれ》の帰還《きかん》を祝う飲み会へと突入《とつにゅう》した。

俺とキルファ、あと勝手に席についたエミーユさんがいるテーブルに、頼んでもいないお酒がどんどん運ばれてくる。

そして俺に気づいた冒険者たちが乾杯《かんぱい》しにやってくるのだ。

杯《さかずき》を打ち合わせ、お酒を喉《のど》に流《なが》し込む。

明日は二日酔《ふつかよ》い確定だ。

そんな騒《さわ》がしい俺たちとは対象的に、

「ドワーフ、これを見てくれ」

セレスさんが、十六英雄《えいゆう》のエレドスさんと、その弟で鍛冶《かじ》職人でもあるバレドスさんの前に巨大《きょだい》な輪《リング》っかを置いた。

あのサイズは、サイクロプスにつけられていた『支配の首輪』だな。

「ん？　なんじゃいこのいかついリングは？」

と長男のエレドスさんが言えば、

「ふーむ。何やら魔力《まりょく》が込められておるのう」

と弟のバレドスさん。

「これは身につけたモノを従属させる支配の首輪だ」

「ぬおっ!?　禁忌《きんき》指定されている代物《しろもの》かい。こんなえげつないモンをどうしてワシらに見せる？」

支配の首輪と聞き、バレドスさんが慄《おのの》く。

バレドスさんは、一時期装飾《そうしょく》師としても活躍《かつやく》していた。

だからだろう。支配の首輪についてもそれなりの知識を持っているようだった。

「鍛冶師である貴様に訊《き》きたい。この支配の首輪はサイクロプスを従わせていた。サイクロプスだけではない。ブラックドラゴンをも従属させるものまであったのだ」

「な、なんじゃとっ⁉」

ブラックドラゴンと聞き、バレドスさんが驚く。

そしてテーブルに置かれた支配の首輪を凝視《ぎょうし》すると、

「サイクロプスにドラゴンまで従属させておったじゃと？　サイクロプスは金等級、ブラックドラゴンに至っては白金級の魔物《まもの》じゃぞ。そんなバカな話があるかい！」

バレドスさんとセレスさんの会話が気になったのか、次第《しだい》に二人の周りに人だかりができていた。

「そうらしいな。ネスカに聞いた。支配の首輪は込められた魔力量により従属できる魔物が決まると」

「その通りじゃ。じゃからそこらの魔物ならまだわかる。じゃが……サイクロプスにブラックドラゴンじゃと？　ブラックドラゴンを従えられるほどの魔力を込め、そしてそれに耐《た》えられる首輪《器》を拵《こしら》えることができる者なんぞ、只人族《ヒューム》どころかドワーフにもおらんわ」

デュアンさんも言っていたっけ。

宰相が密輸入していた『支配の首輪』は、特注品だったと。

「バレドスさんバレドスさん」

「なんじゃい小僧《こぞう》？」

話しかけると、バレドスさんが顔を俺に向けた。

「只人族もドワーフも作れないとなると、いったい誰がその支配の首輪を作ったというんですか？」

この俺の問いに対し、バレドスさんは少しだけためらったあと、こう続けた。

「そんなもん、魔族に決まっておるじゃろうが」

魔族と聞き、セレスさんの体がピクリと震えた。

あとがき

『いつでも自宅に帰れる俺は、異世界で行商人をはじめました』９巻を読んでいただき、ありがとうございました。

著者の霜月緋色です。

作家人生で初の前後編となった本作でしたが、後編である９巻を無事に出すことができてほっとしております。

お待たせした分だけ、楽しんでいただけたら幸いです。

では恒例の謝辞を。

イラストレーターのいわさきたかし先生、今回も最高で素晴らしいイラストをありがとうございましたっ。

試合に挑む三人のシーンがめちゃんこかっこよかったです！

漫画家の明地雫先生、いつも連載お疲れ様です。

一読者として毎月楽しみにしております！

担当編集様、ＨＪ文庫編集部と関係者の方々、ギリギリまで修正を入れてしまい、すみませんでした＆ご対応ありがとうございました。

大切な家族と友人とワンコたち、それに作家仲間のみんな。

感謝しております。いつもありがとう。

そして、ここまで読んでくださった皆さんへ全力の感謝を。

ありがとうございます。


最後に、本の印税の一部を能登半島地震の復興支援に使わせていただきます。

この『異世界行商人』を買ってくれたあなたも、支援者の一人ですよ。

では、10巻でお会いしましょう。

霜月緋色

Anytime I can!
いつでも自宅に帰れる俺は、異世界で行商人《ぎょうしょうにん》をはじめました
霜月緋色 著
Hiro shimotsuki
ill. いわさきたかし
①～⑨巻 好評発売中!
⑩巻 2024年秋 発売予定!

「小説家になろう」
四半期
第1位
異世界転生・転移
ファンタジー部門
（2019年8月19日時点）
いつでも自宅に帰れる俺は異世界で行商人をはじめました
vol.1
漫画 明地雫
原作 霜月緋色
コミック単行本
①〜④巻 好評販売中!!
漫画：明地雫
原作：霜月緋色
キャラクター原案：いわさきたかし

HJ NOVELS
HJN47-09

いつでも自宅に帰れる俺は、
異世界で行商人をはじめました 9

2024年2月19日　初版発行

著者——霜月緋色

発行者—松下大介

発行所—株式会社ホビージャパン

〒151-0053
東京都渋谷区代々木2-15-8
電話　03(5304)7604（編集）
　　　03(5304)9112（営業）

印刷所——大日本印刷株式会社

装丁——ansyyqdesign／株式会社エストール

ISBN978-4-7986-3414-2　C0076

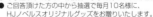